世界动物小说
守望城市的乌鸦

［日］草山万兔 著　［日］金尾惠子 绘

孙雅甜 译

贵州出版集团　贵州人民出版社

目录

三只乌鸦 ················· 5

乌鸦的亲子离别 ············· 7

宽太成了八咫鸦 ············· 28

谁是坏家伙？——宽治的最后时刻 ······ 64

猫眼石——印度的神秘 ········· 92

黑熊兄妹的复仇 ················· **131**

山毛榉树洞 ···················· 132

两只小熊 ······················ 149

分离 ·························· 156

重逢 ·························· 183

关于乌鸦和黑熊 ················ 199

三只乌鸦

四月快要结束时,暖和的日子多起来了,公园里也渐渐热闹起来。三只小乌鸦的运动能力已经十分发达,他们在树林中自由自在地飞来飞去。

乌鸦的亲子离别

三月已经过了一半。今天早上降霜了。街道上的行人都竖起了大衣的领子，急匆匆地赶路。日比谷公园的游步道上，只是偶尔有行人经过。

大嘴乌鸦嘎助和嘎子一大早就忙着筑巢。筑巢需要的枯枝并不难找。很快，一个漂亮的窝就在大樟树树枝上建好了。这个窝被茂盛的树叶包围着，隐蔽得很好，即便是从下向上仰视也看不见。除了这个窝，他们还建了五个窝。那些是用旧了的窝或假的窝，都是用来迷惑人类的。

嘎助和嘎子是一对十分恩爱的夫妻，他们已经在这里住了三年，这个公园就是他们的地盘。公园里还有餐馆，即使在冬天也有很多剩饭，所以他们从不缺食物。

这个窝是用密密麻麻的树枝垒成的。不过，窝中央凹进去的部分最好能垫上柔软的东西。在城市里，想要收集干草不是件容易的事。不过，乌鸦们不用为此而担心，每年他们都有办法收集到合适的东西。

嘎助和嘎子分头向东边和西边飞去。没过多久，嘎助就衔着一个白色的东西飞回来了，那是一件白色的圆领T恤。嘎子也衔来了一条粉色的内裤。就这样，他们用几件衣物，做了一个温暖的小窝。

嘎子在窝里产下了一枚蛋。那是一枚青绿底色上印着迷彩花纹的蛋。嘎子立刻开始孵化起来。

她每天产一枚蛋，用四天时间产下了四枚蛋。这些蛋被衣物包裹着，嘎子将身体覆盖在蛋上，全心全意地用体温温暖着它们。

在这期间，嘎助承担了觅食的工作。高级餐馆的剩饭里有许多美味，像上好的牛排、火腿和大虾。附近就有许多食物供他们享用，嘎助基本不用飞去很远的地方。

"嘎——"嘎助听见了一声没怎么听过的叫声，不由得紧张起来，一定是有陌生的乌鸦闯进来了。

每天有十二只乌鸦聚集在专门扔餐馆剩饭等厨余垃圾的垃圾场，他们是嘎助的伙伴。不过，嘎助是决不会允许他们进入自己的地盘的。十二只乌鸦由六对雌雄乌鸦组成，每一对乌鸦都拥有直径二百米到三百米的领地，并在其中筑巢。他们之间互不侵犯领地，不过餐馆的厨余垃圾场是他们共用的觅食点。

让嘎助耿耿于怀的那个声音,并不是他所在的日比谷群落的乌鸦叫声。嘎助立刻振翅起飞,朝声音传来的方向飞去。

在一棵高大的银杏树的树枝上,停着一只羽毛整齐、毛色漂亮的青年乌鸦。

嘎助在离他三十米远的地方落了下来,远远地观察对方。闯入者盯着嘎助看了一会儿,发出一声刺耳的尖锐叫声——滚开!这里归我了!

嘎助立刻做出了回应,大声叫着——这里是我的地盘!滚出去!最好别在我的地盘上撒野!

青年乌鸦看起来很焦虑,将喙在栖木上蹭来蹭去,弄出声音——我拼死也要占领这个地方,这片森林甚合我意!

嘎助发现对面的树叶后面还有一只乌鸦。一定是这只青年乌鸦喜欢的姑娘,他年轻的伴侣。看来这两只乌鸦是新婚燕尔,打算在这片森林里建造他们的新房。

嘎助觉察到了危险,大叫一声,振翅起飞,径直朝闯入者冲过去,发动了攻击。

青年乌鸦腾空而起,迎了上去。眼看两只乌鸦就要撞上了,这时嘎助突然向上飞去,猛地一转身,从青年乌鸦的背后发动了攻击。

在作战方法上,嘎助的经验明显要丰富得多。他飞快地咬住对手的尾羽，一个急刹车，停在空中，然后猛地拔下了几根尾羽。青年乌鸦"吱"地惨叫了一声，惊慌失措地逃走了。

二十天过去了，第一只雏鸟孵出来了。这只雄性雏鸟长着粉红色的皮肤，张着大嘴索要食物。我们就叫他宽太吧。

第二天和第三天，雄鸟宽治和雌鸟加那子相继出生，迟一些时候雌鸟宽子也出生了。鸟类的产卵和孵化方式有两种：一种是采用"一起孵化"的方式，像鹈和鸥，将卵全部生完以后一同孵化；另一种就是像乌鸦那样，将产卵和孵化时间错开。如果用这种方式，较晚孵化出来的雏鸟有时会在抢夺食物时处于劣势，从而严重影响发育。这种"顺序产卵孵化"的方式包含了残酷的自然淘汰法则——当食物不足时，亲鸟不得不只养育出生早的雏鸟，牺牲那些出生晚的孩子。尽管这种方式很残酷，但也是鸟类为了努力繁衍子孙而进化出来的智慧。

嘎助和嘎子忙得不可开交。他们两个一个负责放哨，一个负责觅食，然后再互换工作内容。雏鸟的胃口大得令人难以置信，不知道喂多少才能让他们吃饱。两只亲鸟轮番上阵，不停地搬运食物。

几天过后，雏鸟粉色的皮肤变黑了，皮肤上长出了黑色的羽毛。雏鸟长得很快，到四月末的时候，外形上已经完全具备了乌鸦的样子。

宽太第一个走出鸟窝。他站在窝的边缘，啪嗒啪嗒地扇动着翅膀。眼前是无边无际的茂密森林，和窝里的狭小世界完全不同。透过树木的间隙，可以看到森林对面矗立着一座座高楼大厦。面对这个即将在他面前展开的新世界，宽太既心怀希望又有些不安，不禁打了个哆嗦。

宽太双脚使劲儿一蹬，轻快地跳到了前面的树枝上。他没想到这么容易就跳过来了，于是有了自信，连蹦带跳地来到了距离窝几米远的树枝上。不过宽太不想再走远了，就在原地等待爸爸妈妈送食物过来。

两天后，宽治出窝了。第四天，加那子从窝里出来了。大家都在为离巢做准备。年纪最小的宽子发育最慢，身体比较虚弱，所以还待在窝里。

从窝里出来的三只幼鸟运动能力还不够发达，只是在窝四周的树木之间跳来跳去，张开翅膀试着飞几下而已。幼鸟们自己不去觅食，而是等着父母来喂他们。因为要喂饱四只食欲旺盛的幼鸟，嘎助和嘎子十分忙碌。

在加那子出窝的第四天，发生了一件事。加那子站在麻栎树的树枝上，想要在这里过夜。天色暗了下来，加那子闭上眼睛，正要进入梦乡，这时一只猫头鹰悄无声息地出现了。猫头鹰从加那子上方发动袭击，用两只尖利的爪子抓住了她。加那子大叫起来，然后就没了声音，她的脑袋被猫头鹰那像老虎钳一样坚硬有力的喙拧

了下来。

　　猫头鹰用爪子抓起加那子，伴随着轻微的扇动翅膀的声音，飞走了。

　　停在十米外的树枝上的嘎助和嘎子急忙起飞，去追赶猫头鹰。可是越来越浓的夜色阻挡了他们的脚步，追踪了一小段距离后，他们不得不放弃了。

　　这下糟糕了。一旦猫头鹰尝到了甜头，恐怕每天晚上都会来袭击幼鸟。嘎助和嘎子不由得紧张起来，决心无论如何也要保护好孩子们。

　　天一亮，两只亲鸟就赶紧到森林中巡逻去了。果然，他们发现一只猫头鹰停在樟树上。嘎助兴奋起来，

不停地用喙敲打树枝——浑蛋!我要给加那子报仇!接招吧!

嘎助没有直接扑过去,而是落在了离猫头鹰两米远的树枝上,"嘎——嘎——"地大叫起来,像是在嘲笑猫头鹰。猫头鹰警惕起来,注意力被嘎助吸引了过去,与此同时,嘎子绕到猫头鹰身后,张开翅膀用力一扇,朝猫头鹰猛冲过去,用双脚照着敌人的肩膀狠狠踢了下去。

猫头鹰被嘎子的冲击撞得向前歪了一下,不过立刻展开翅膀飞了起来。

嘎助与嘎子迅速追了上去,向停在樱花树上的猫头鹰展开了进攻。他们最擅长前后夹击。一个在前面大吵大叫，当猫头鹰的注意力被吸引过去，另一个便从后面发动攻击。

猫头鹰仓皇逃窜，两只乌鸦紧追不舍。只要这家伙还待在森林里，他们就无法安心。如果不趁着白天一鼓作气地把猫头鹰打趴下，到了晚上就是他的天下了。猫头鹰吃了加那子，记住了那种味道，一定还会再来袭击剩下的三只幼鸟的。嘎助和嘎子向猫头鹰发起了不间断的猛烈攻击。

如果是单打独斗，拥有锋利而坚硬的爪子和喙的猫头鹰或许更胜一筹。可是现在猫头鹰是腹背受敌，根本防不胜防。一开始他还顽强抵抗，最后终于招架不住了，飞离了森林，逃到了一座高楼屋顶上的洞里。嘎助和嘎子高兴得不得了，大声叫着，欢唱着胜利的歌曲。

宽子小心翼翼地从窝里走了出来，这时宽太已经精神抖擞地在树林中转悠了。他吃的仍然是父母找来的食物，不过这并不影响他做出一副成年乌鸦的样子，在树林中飞来飞去。两棵大樟树的树枝交叉在一起，恰巧形成了一个直径六十厘米左右的圆形隧道。宽太轻巧地穿过了那个隧道，这是他的拿手本领。

宽太在树与树之间灵巧地穿行。宽治和宽子佩服地看着他的身影。宽太得意起来，他突然急速上升，然后又朝着绿色的隧道急速降了下去。他必须在隧道的入口处将身体调成水平，这可是他之前从没试过的高难度动作。

他本想一气呵成地从绿色隧道里穿过去，翅膀却刮到了树枝。宽太失去了平衡，一个倒栽葱栽到了地上。

他可真是个倒霉蛋儿。在他掉落的地方，不远处有一只野猫。野猫看到这个从天而降的意外猎物，不由得大喜，连忙朝宽太跑过来。

宽太的翅膀遭到了重创，没办法立刻起飞。他大声叫着，勇敢地和野猫对峙起来。

"喵——喵——"野猫发出阵阵咆哮，朝宽太逼近。宽太扑扇着翅膀，大声喊叫。

野猫扑上来了，宽太本能地伸出双脚踢向对方，进行防御。这时他的左脚"咔嚓"响了一声，随后便是一阵剧痛袭来。野猫咬住了他的左脚。

"嗖——"空中传来挥动翅膀的声音，只见一团黑影飞到了野猫的正上方。听到宽太的惨叫，嘎助连忙飞过来，向野猫展开攻击，用尖利的爪子抓住野猫的后背，又用喙朝野猫的后脑勺狠狠地啄了一下。

野猫大吃一惊，叼着宽太的爪子向后退去。与此同时，宽太强忍着左脚的剧痛，顽强地用右脚使劲踢了野猫的脑袋。虽然宽太的左脚在关节往下一点的地方被弄折了，不过总算是从野猫的袭击中逃了出来，他以最快的速度飞起来，跌跌撞撞地冲进了窝里。

野猫将嘴里叼着的鸟脚吐到一边，朝嘎助扑了上去。嘎助迅速飞上天空，停在了树枝上。

野猫突然一声低吼，像是被电击了似的转过身子。是前来助战的嘎子用喙狠狠地啄了野猫的尾巴。

趁着野猫向后扭转身体的空隙，嘎助从树枝上垂直俯冲下来，用双脚猛踢了野猫的脑袋。他的爪子撕裂了野猫的眼皮，鲜血流进了野猫的眼睛。瞧不起乌鸦的野猫在两只乌鸦的夹击下一败涂地，灰溜溜地逃走了。嘎助和嘎子停在树枝上，"嘎——嘎——"地大叫着，仿佛在嘲笑他们的手下败将。

宽太缩在窝里，默默地忍受着脚上的疼痛。爸爸妈妈会轮流为他送来食物，所以他并没有挨饿。宽治和宽子正在亲密地追逐嬉戏，他百无聊赖地看着他们。

几天过后，宽太脚上的伤好得差不多了，不疼了，于是他尝试着站在了窝的边缘。虽然身体还是有些摇晃，不过只要稍微用翅膀支撑一下，他完全能站住。照这个情况，只要多加练习，一只脚生活应该没有问题。宽太稍稍有了点自信。

宽子凑了过来。她站在宽太身边，用嘴为他整理羽毛。宽太惬意地享受着，舒服得快要打起盹儿来。

四月快要结束时，暖和的日子多起来了，公园里也渐渐热闹起来。三只小乌鸦的运动能力已经十分发达，他们在树林中自由自在地飞来飞去。宽太也适应了用一只脚生活，日子过得和宽治、宽子没什么两样。他还掌握了觅食的技巧。每次去厨余垃圾场,他都能从剩饭里找出自己喜欢吃的东西。

不过,幼鸟们并不主动去寻找食物。他们已经习惯了从父母那里取食,一看到父母走过来就觉得"有饭吃了",总是张着大嘴要吃的。

五月中旬,树木冒出了嫩芽,阳光下的绿叶在天空中映出透明的鲜艳的绿色。樟树上盛开了许多火柴头大小的可爱的黄白色小花,似乎与樟树巨大的身躯不太相称。

在茂密的绿色树叶中,零星分布着几片红叶。樟树是常绿植物,一旦有新叶生出,就会有几片老叶子变红,落下。好奇心旺盛的宽太用不可思议的目光盯着那丛绿叶中像鲜花般盛开的红叶,终于忍不住啄了一片叶子。一股奇怪的味道蹿进了鼻子,火辣辣的樟脑味刺痛了他的舌头。宽太连忙吐了出来,"嘎——"地叫了一声,飞走了。

太阳开始朝西边的天空沉沉落去。公园周边的道路上,车渐渐多了起来,四周充斥着嘈杂的声音,来公园的人也多起来了。不过,宽太坐在自己的固定座席——一棵高大银杏树的树枝上,与地上的人类世界完全隔离开了,地面上的喧嚣与他毫无关系。

但是,当夜色渐浓,宽太总会觉得不安。一丁点儿微弱的声音都会让他紧张得心里一颤。他总会想起妹妹加那子被猫头鹰袭击,转眼就丢了性命的场景。这让他惴惴不安。

那天，嘎助和嘎子的样子有些奇怪。两只乌鸦在森林的上空盘旋，大声地叫唤。看到自己最信赖的爸爸妈妈做出这么不寻常的举动，宽太心中越发不安了。

嘎助像箭一般俯冲下来，降落在宽太所在的银杏树枝上方的一根粗大的枝干上。嘎助大喊了几声，随后轻巧地落在了宽太的树枝上。看到嘎助过来了，宽太像往常一样发出撒娇的叫声，张开了大嘴。他以为爸爸是来喂食的。

然而，他彻底想错了。父亲嘎助突然狠狠地啄了宽太一口。宽太吓得心脏快跳出来了，慌忙闪开了，但还是险些被尖利的喙啄到，他嗖地飞了起来。

嘎助紧跟着也飞了起来，从下往上朝宽太的肚子狠狠踢了一脚。

宽太失去了平衡，大叫着倒栽了下去。幸好他落在了枝叶茂密的樟树树枝上。他迅速调整好身姿，发出凄惨的叫声，飞上了天空。在他的身后，嘎助大叫着追了上去。

宽太不明白这究竟是怎么回事，往常那个总喂他食物的和蔼亲切的父亲为什么会发这么大的火，他怎么也想不通。可是现在这种情形，他根本没有时间追究原因，只能拼命逃跑。

森林的另一端，宽治发出撕心裂肺的惨叫，朝宽太飞来。他的身后是大叫着紧追不舍的嘎子。和宽太一样,宽治也遭到了母亲嘎子的突袭,惊慌失措之下逃了过来。

宽太看到弟弟过来了,不由得松了口气。然而他的喜悦转瞬即逝,因为他们的父母已经大叫着扑了上来。宽太和宽治轻轻闪身,迅速上升,巧妙地躲过了父母踢过来的双脚。

宽太调整好姿势,变成水平飞行,这时他突然意识到了什么。刚才他顺利躲过嘎助那锐利一击时的转身动作,还有迅速转为上升的飞翔方式,都是之前他从未做过的。他并没有练习过,为什么能熟练地做出那种像杂技似的飞行动作呢?宽太自己都觉得吃惊。如果他当时没能立即做出那个杂技似的上升动作,恐怕肚子早已被锋利的爪子撕开了。

宽太觉得自己那莫名的恐惧感里似乎点起了一盏微微发亮的明灯,他感到略微轻松了些。宽太落在了一棵大橡树的树枝上。嘎助立刻降落在他面前。宽太情不自禁地张开了嘴,这是他从雏鸟时养成的习惯,父母一到跟前,就条件反射地张嘴索要食物。

嘴巴一张开,宽太又找回了当雏鸟的心情,心中渐渐平静下来。自然而然地,他又开始觉得父亲会温柔地对待他。然而,事实并非如此。嘎助轻巧地跳跃了几下,顺着枝干走近宽太,然后突然啄了宽太一下。

由于宽太毫无心理准备，根本来不及躲闪，脸上被啄了一下。不过，嘎助并不是真心啄他，所以宽太并没有受伤。乌鸦的喙有上下两部分，上面的喙尖端是弯的，像矛尖一样锋利。嘎助如果真想攻击他，应该就会用这把"尖刀"刺过去了，那样宽太的眼睛一下就会被剜掉。可是，嘎助只是用喙前端圆圆的部位轻轻戳了宽太的脸颊。

昨天的雨完全停了，天空呈现出清爽透明的蓝色。晚霞美得妙不可言。西边天空里拖得长长的椭圆形云彩被染成了红色和金色，重叠成好几层，点缀着天空。四只乌鸦嘎嘎地大叫着，上演了一场华丽的空中战斗。

两只乌鸦追赶着另外两只小乌鸦。刚开始的时候，小乌鸦在空中被大乌鸦又啄又戳，险些掉下来。不过现在小乌鸦们已经能够迅速地轻松躲闪，并穿插巧妙的上升和下降动作，顺利掌握了逃生的技巧。

战场转移到了皇居前一个散布着松树的公园上空。公园里的人们看到四只乌鸦一面发出他们听不惯的大叫声一面飞来飞去，一定觉得很不可思议。

宽太看见护城河对面有一片茂密的树林。就去那里吧，他心想。对于爸爸妈妈的突然袭击，他最初觉得猝不及防，然后是惊讶、生气。可是在空中持续交战一段时间之后，他开始觉得爸爸妈妈似乎并没有真的生气。在日比谷公园森林时，父母的攻击十分猛烈，可是出了那片森林之后，他们更像是在进行一场追逐游戏，而不是进攻。亲鸟仿佛在说："从日比谷森林滚出去！"

黄昏降临了，西边天空里红彤彤的云彩渐渐变黑了。宽太下定了决心，他径直飞向皇居的森林。宽治也不甘落后，紧跟了上去。十几米之外，两只乌鸦父母不慌不忙地跟在后面。

看见宽太和宽治降落在皇居的森林，嘎助和嘎子在上空盘旋了一圈，便径直飞回了他们的家——日比谷森林，仿佛再也没有什么遗憾了。

亲子离别的仪式结束了。大嘴乌鸦通过这一系列的行动，进行了一场亲子告别仪式。既然孩子们能顺利躲过攻击，学会了那么灵巧的动作，乌鸦父母就放心了。幼鸟即便离开父母也能够独立生存下去，两只亲鸟心中再无牵挂，飞回了鸟巢。

宽太和宽治来到了皇居的森林，发现那里聚集了许多乌鸦。他们都是在这里筑巢的乌鸦。还有许多没有和父母分离的雏鸟，以及从外面飞进来的幼鸟。

幼鸟们毫无抵触地接受了宽太和宽治。这里的森林比日比谷公园的森林要茂盛广阔得多，在高大茂密的樟树、橡树和松树林中，乌鸦们十分安全。可是，两只乌鸦兄弟总觉得心中不踏实。因为他们出生的日比谷森林就在近旁，他们被父母赶了出来，暂时逃到了这里。可是最信任的爸爸妈妈那么残酷无情地对待他们，这件事

留下的创伤一直在小乌鸦心里隐隐作痛。飞翔在皇居森林的上空时，很容易就能看见日比谷森林。透过树木之间的空隙可以隐隐约约看见爸爸妈妈的身影。虽然很让人怀念，可是也很可怕。

他们在空中飞来飞去，渐渐知道了东京的四处分散着好几处比较大的森林。

一天早上，宽太和宽治一起飞上天空，在皇居森林上空盘旋了一圈，然后宽太径直朝着代代木森林飞去，宽治则直接飞向了新宿御苑的森林。

发育较慢、身体较弱的宽子仍旧像往常一样缠着父母索要食物。两只乌鸦哥哥不在了，没有人跟她抢吃的了，她能够随心所欲地摄取充足的食物。宽子健康茁壮地长大了。

宽子逐渐学会了在森林中自由地飞翔。可是她仍然要靠父母喂食，不过偶尔也会学着父母的样子啄食一些餐厅的剩饭。

一天，宽子飞进了附近的皇居森林。那里聚集着十几只幼鸟。幼鸟们叽叽喳喳地叫个不停，不知在聊着什么。还有乌鸦不断发出连续的叫声，像是唱歌一样。宽子遇见这群活泼开朗的小乌鸦，十分开心，自己也禁不住轻声叫起来。

然后，一只幼鸟轻快地蹦到宽子身旁，在她面前张开翅膀，轻轻地叫了几声，温柔地扇动翅膀想要用翅膀裹住宽子。宽子吓了一跳，向后退去，慌忙飞上天空，头也不回地朝爸爸妈妈所在的森林飞去。

因为有了这样的经历，宽子还以为他们要欺负她，所以一开始她提高了警惕。不过随着去的次数多了，她渐渐明白张张翅膀、蹦蹦跶跶或是梳理羽毛都是大家玩耍的动作。宽子整天和这群幼鸟嬉戏打闹，渐渐和他们变成了好朋友。

嘎助和嘎子从不阻止宽子飞往皇居森林。而且每当宽子从外面玩耍归来，他们总是很高兴地把她迎进家门。宽子身体不好，所以嘎助和嘎子并没有像对待她的两个哥哥那样把她驱逐出家门，而是满怀温情地等待着她主动离开的那一天。

不知不觉地，宽子待在皇居森林里的日子多了起来。到了六月初，她不再返回日比谷森林，终于在皇居森林定居下来。

身为父母的嘎助和嘎子看到三只小乌鸦都精神抖擞地离开了鸟巢，开始独立生活，终于松了口气。尤其是身体虚弱的宽子变结实了，自立了，还在皇居森林里定居下来，这让他们觉得十分开心。那个地方很少有人进出，很安全，宽子一定会健健康康地生活下去。

嘎助和嘎子在日比谷森林恩爱地生活了一段时日，等到他们确认三个孩子不会再回到这座森林，便双双飞向原来的窝——代代木森林。

在这里，我们来了解一下大嘴乌鸦的一年是如何度过的。

说起乌鸦，恐怕许多人的脑海中都会浮现出一大群乌鸦在黄昏时分归巢的情景。小时候我常常看到这样的场景——几十只乌鸦，多的时候甚至有二三百只乌鸦，缓缓扇动着翅膀飞回鸟巢，在布满了火红晚霞的天空映衬下，那一大群黑色的身影显得分外清晰。那的确是一幅令人难忘的景象。再仔细回想一下，就会发现这种景象通常见于秋冬两季，而在春天和夏天是看不见的。没错，因为春夏是育儿期，乌鸦们大多在各自的窝里养育雏鸟。

在秋天和冬天，乌鸦会在较大的森林里做窝，到了晚上，他们会聚在一起过夜。早晨来临后，乌鸦们便离开鸟窝，不惜到很远的地方觅食。不过他们也不是任何地方都去。大嘴乌鸦一定是雌鸟和雄鸟一起行动，这些夫妻都有各自的觅食点，一般都会去那里觅食。当然，如果发现了好东西，他们也会开个小差，去寻找更好的。鸟类不同于在地面上活动的哺乳类，他们可以在空中自由飞翔，所以能够从高空俯视地面的情况，这也是鸟类的一个有利条件。

乌鸦白天在外觅食，觅食结束后便回到鸟巢所在的森林。归巢的时间因觅食点的远近而大不相同。根据唐泽孝一先生的调查，把窝建在皇居森林里、到日比谷公园觅食的乌鸦们，通常会在正午过后结束觅食，返回皇居森林。

从三月末开始，乌鸦将进入繁殖期。这时，一对对的乌鸦夫妻会在自己的觅食点附近设下势力范围，在其中筑巢，养育雏鸟。其间，他们晚上会睡在鸟巢的附近。等育儿活动完全结束了，他们又会返回原来的窝，继续过集体生活。

那么，就让我们书归正传，看看在代代木森林安家的宽太过得怎么样了。

宽太成了八咫鸦

宽太虽然只有一只脚，不过他体格健壮，力气很大，在幼鸟中间煞是威风。他的叫声也格外洪亮，远远地就能听见。一棵大松树上伸出来的树枝成了宽太的落脚点。那根树枝的上方和下方都长满了茂密的树叶，从地面上是看不见的，隐蔽性非常好。

一天，宽太从外面回来，发现在他的松枝上落了一只幼年雄乌鸦。宽太很生气，一边发出"嘎——"的斥责声，一边在那家伙的四周飞来飞去——快给我滚！否则我就把你赶出去！

令人吃惊的是，那只幼鸟只是盯着宽太看了看，一副悠然自得的神情，仿佛这里从很久以前就是他的座席了。

宽太落在松枝上，嗖嗖几下靠上前去，在他面前腾空而起,狠狠踢了他一脚。

没想到那只幼鸟竟然没逃,他敏捷地躲过宽太的攻击,飞身而起,迅速朝宽太踢了一脚。

宽太条件反射地伸出左腿防守,可是他的前胸挨了一记利爪,宽太从大树枝上掉了下去。

这是一个意外的失败。宽太的左脚在他小时候与猫搏斗时被弄折了,因此按理说他得使用右脚来防守,那样的话他就必须先飞起来,可是已经没有时间了。因为事发突然,宽太本能地伸出了只有上半部分的左腿。

宽太在下落的过程中调整好姿势,用力扇动翅膀,飞到了傲慢的幼鸟上方。然后他头朝下急速下降,用锐利的喙啄了幼鸟的脑袋一下。

幼鸟掉了下去,勉强用脚钩住了下方的树枝,重新站好,"嘎——"地惨叫了一声,飞走了。

大松树枝终于成了宽太的座席。除了宽太,谁也不能坐在那里。这个地方是一等座,曾经有两三次,别的乌鸦想要抢夺座席,每次都会遭到宽太的猛烈袭击,落荒而逃。

少年宽太在好奇心的引领下,在东京的天空里自由地翱翔。一天,他在新宿的后街里发现了一只胖墩墩的虎斑猫。那家伙胖成那样,一定是因为每天都会吃很多好吃的。

虎斑猫躺在行人稀少的小巷的垃圾桶上,晒着太阳。宽太从他上方飞过,胸中不禁热血沸腾,有一种说不清的郁闷情绪在心中乱窜。

宽太不知不觉地降落在了虎斑猫前面的屋檐上。宽太怒火中烧,恶狠狠地瞪着虎斑猫。在日比谷森林里初次飞翔时,他曾遭到流浪野猫的攻击而痛失左脚。现在,怨恨之情在他胸中翻滚着。

"可恶的虎斑猫!我要在你的头上凿个洞!"宽太按捺住迫切的心情,静静地向前走去。

距离虎斑猫只剩两米远了。虎斑猫似乎丝毫没有察觉,闭着眼在打盹儿。他沐浴着五月惬意的阳光,看起来仿佛置身于天堂一般。

实际上,虎斑猫对于正在发生的一切早已心知肚明。马路对面的砖瓦屋顶上传来轻微的响声,他可是听得一清二楚。街上处处充满了危险,人类不知道会做出什么事情。曾经有一次,明明周围一个人都没有,可是不知从哪里飞来一颗小石子突然砸中了他的屁股。力道之大,差点儿在他的屁股上砸出个洞来。虎斑猫痛得跳了起来。

一个手拿道具的少年冷笑着从一户人家的角落里走了出来,他手里拿的那东西是一根分叉的木棍,上面绑着橡皮筋。接着,他把那个叫作弹弓的东西拿到与自己眼睛相同的高度,用力拉开橡皮筋。虎斑猫虽然不知道那是什么东西,但是一瞬间本能地察觉到了危险,撒腿就跑。与此同时，他身后传来"啪"的刺耳响声，是弹弓弹出的小石子砸中地面的声音。自那以后，无论是多么微小的声音，都逃不过虎斑猫的耳朵。

宽太有一个非常不利的条件。他本想悄无声息地飞下屋檐，但可悲的是，他只有一只脚，还是发出了轻微的"咔嗒"声。虎斑猫就是注意到了这个声音，微微睁开眼，看见了对面屋顶上的那只乌鸦。

既然是乌鸦，应该没有危险，虎斑猫心想。他又闭上了眼睛，继续打盹儿。可是，过了一会儿，虎斑猫察觉有一个声音在一点一点向自己靠近。不用说，这声音一定是屋顶上的乌鸦弄出来的。他究竟想干什么？

宽太本打算尽量不出声地靠近虎斑猫，可是谁叫他只有一条腿呢，只能一蹦一跳地前进。如此一来，无论如何都会发出敲击地面的声音。

鸟类有两种行走方式，一种是两只脚一起向前跳着走，比如麻雀或燕子；另一种则是两只脚一前一后地走，比如鹤或鸭；乌鸦则是这两种走法都会。所以，现在这种情况，按理说应该采取鹤的走法，两只脚交替前行。可是宽太只有一只脚，虽然他知道这个道理，但是也只能十分无奈地选择跳着前进。

在距离虎斑猫两米的地方，宽太停下了脚步，观察着对手。虎斑猫一动不动，正在舒舒服服地午睡。可实际上虎斑猫早已掌握了宽太的一举一动。

宽太成了八咫鸦

宽太用力一蹬脚，跳了起来，径直飞向虎斑猫。

虎斑猫迅速往左一闪，躲过了攻击。宽太在空中调整好姿势，准备进攻。

令人意外的事情发生了，虎斑猫非但不逃跑，反而用两只后脚站立起来，朝着为了调整姿势而在空中短暂停留的宽太扑了过去，同时用两只前爪去抓宽太。

宽太勉强从两只猫爪之间的空隙中钻了出来，不过他的右侧尾羽还是被抓住了。

"中计了！"虎斑猫心中窃喜，连忙把抓住尾羽的爪子往回撤，想要咬住宽太。宽太使出浑身的力气，用右脚拼命踢虎斑猫的脸。

被踢怕了的虎斑猫不禁放松了两只前爪的力量，与此同时，宽太用力扇动翅膀，飞向了天空。虎斑猫用前爪捂住受伤的眼睛，爪子上还插着一根宽太的尾羽。

顽皮少年宽太已经一岁半了。在这一年半里，他有时会经历一些像是大战虎斑猫之类的性命攸关的劫难，不过他都勇敢地挺了过来，茁壮地长大了。

一月的一天，天空阴沉沉的，似乎马上就要下雪了，寒风飕飕地刮着。傍晚时，宽太乘着风飞回森林，却发现自己的固定座席——松枝上停着一只雌乌鸦。

"岂有此理。没有我的允许就落在我的树枝上，太不像话了！"宽太心想。他瞪着那只不知天高地厚的雌乌鸦,"嘎!"地叫了一声——滚开!这里是我的专座!

雌乌鸦似乎一点儿也不害怕,歪着脑袋,做出一副亲密的样子,看着宽太。然后,她飞到上方的一根细树枝上,用脚趾抓住树枝,咕噜噜地绕着树枝灵巧地转了两圈,温柔地叫了一声:"咕!"——怎么样,我很棒吧?你喜欢吗?

真是个有趣的女孩,宽太心想。他也不甘示弱地在树枝上跳了几下。

乌鸦少女跳到了宽太所在的树枝上,目不转睛地盯着宽太。然后,她开始用喙梳理自己的羽毛。

乌鸦们成群结队地陆续飞回了森林,森林里一下子热闹起来。许多夏天离巢自立的幼鸟都把家安在了这片森林里,这里变成了年轻乌鸦聚集的热闹公寓。

乌鸦的社会是有等级顺序的。去年出生的青年乌鸦,地位在幼鸟之上,因此幼鸟们对前辈们甚是敬畏。

年长一岁的青年乌鸦男女们,几个好朋友三三两两聚在树枝上,要么互相梳理羽毛,要么嬉戏打闹。可是,没有一只乌鸦飞去宽太的树枝。当然,宽太并不是孤零零一个,他也有几个玩伴,他们常常相约一起出去觅食。不过,即便是这样的朋友,也不被允许使用宽太的落脚点。这就像一面旗帜,标志着宽太在周围的青年乌鸦当中享有最高的等级。

转圈小姐"小咕噜"绕着小树枝咕噜噜转了一圈,仿佛没看见宽太似的，勤快地梳理起羽毛来。她那天真无邪的样子让宽太备感亲切。她的动作太可爱了，宽太朝她的方向蹭了两三步。可是，等一下！宽太又停下了。要是突然靠近她，她有可能被吓跑。

宽太彻底喜欢上了小咕噜，这种感觉他还是第一次体验。宽太无法抑制心中如火焰般熊熊燃烧的悸动，一点点向她靠近。

小咕噜瞥了宽太一眼，并没有害怕的样子，仍旧整理着羽毛。她就像在对宽太说：快给我梳理羽毛。

宽太像是被她吸引了，用仅剩的一只脚一蹦一跳地走过树枝。他微微张开翅膀，上下晃动着脑袋和张开的尾羽，朝小咕噜靠过去——我喜欢你！

出乎意料的是，小咕噜并没有逃走。她看上去一点儿也不害怕。宽太松了口气，在小咕噜面前停下了。然后，仿佛下了很大决心似的，宽太温柔地梳理起她的羽毛来。

太阳下山了，乌鸦们全都归巢了。青年乌鸦们热闹的聊天声也渐渐消失了，暮色静静地笼罩了森林。远处传来猫头鹰的叫声。宽太和小咕噜紧紧靠在一起，闭上眼睛进入了梦乡。

从那天起，宽太和小咕噜便形影不离了。在大松枝上睡觉的时候，他们会紧紧依偎在一起。清晨飞出森林觅食的时候，他们也会十分恩爱地比翼齐飞。

小咕噜天真可爱，是个淘气的姑娘。正如其名，她最拿手的就是停在电线或小树枝上，咕噜噜地转圈。一起玩耍的乌鸦们看到她的表演，都纷纷开始模仿。

街上的行人看到五六只乌鸦停在电线上咕噜咕噜地转圈玩儿，都觉得十分有趣。后来报纸还把这件事当成新闻来报道，他们成了有名的"乌鸦杂技团"，许多人都跑来观赏。

小咕噜和她的乌鸦伙伴们发现，不知从何时起，街上聚集了好多人，全都抬头望着天空。他们一开始不明白究竟发生了什么，不过渐渐注意到，只有在他们玩儿转圈圈时人类才会聚集过来。

后来，看热闹的人群中有人开始朝空中扔糖果、面包等食物，宽太是第一只顺利接住食物的乌鸦。当他从电线上飞身而起，在空中接住糖果时，下面的人群爆发出一阵掌声和欢呼声。最初宽太被这些声音吓了一跳，不过每当他在空中接住食物，都会响起掌声和欢呼声，他开始把这当成了乐趣，越玩儿越起劲了。

小咕噜很快就掌握了"空中接球"的动作。不仅如此，她还发明了"翻筋斗接球"的技巧，博得了围观群众的热烈喝彩。

就在乌鸦杂技团成为清晨一景，越来越出名的时候，意想不到的事情发生了。在食物的吸引下，乌鸦的

数量增加到了十几只,电线摇晃得越来越厉害,最终引起了停电。

一天早晨,宽太和他的同伴们像往常一样聚集在电线上。与往常不同的是,马路上停了一辆红色的消防车,消防员抬头望着天空。看热闹的人群围着消防车站了一大圈,用充满好奇的眼睛向上看去。

有点不对劲儿,宽太心想。宽太试探性地绕着电线转了一圈。然而,下面的人群只是吵吵嚷嚷地说着什么,没有人投掷食物。

他的九只乌鸦伙伴并排站在电线上。

"进攻!"随着一个帽子上镶着金色条纹的人一声令下,汹涌的水柱从消防水带里喷涌而出,朝乌鸦们射去。转眼间,宽太和小咕噜就被强大的水压冲飞了。

小咕噜在空中翻了个筋斗,调整好了姿势,浑身湿漉漉的宽太也勉强逃过了一劫,可是,有两个同伴却被水枪击落了,被消防员抓走了。

转圈游戏和空中接食虽然是很好玩儿的游戏,可是自从出了这件事,宽太和伙伴们就再也没有尝试过。

每当飞翔在涩谷的上空,宽太就一肚子火。因为宽太总会看见那只虎斑猫大摇大摆地走来走去,仿佛在这世上没有他惧怕的东西。宽太一直盘算着要找个机会报上次尾羽被拔的仇,可是仅凭宽太一个也没有胜算,每次他也只能暂且忍耐了。不过，现在不一样了，他有了小咕噜这个值得信赖的同伴。宽太和小咕噜一起飞向了虎斑猫的地盘——街区小巷。可是，他们却没有发现虎斑猫的身影。

二月末，寒冷的日子似乎没有尽头。天气晴朗的时候，虎斑猫常常会躺在垃圾箱上晒太阳。宽太原以为那家伙今天也在。那只猫去哪里了呢？他肯定会回来的。宽太和小咕噜降落在房顶上，等待着虎斑猫的出现。

虎斑猫迈着有节奏的步伐从高楼一侧现身了，春日柔和的阳光把他身上的花纹映照得更加鲜艳了。虎斑猫阿虎的嘴里叼着某个物体，那个物体垂着一根长长的绳子一样的东西。

宽太浑身哆嗦了一下，脖子扭向一边，这是他吃惊时的动作。阿虎嘴里叼着的是一只褐家鼠（又名沟鼠）。

阿虎来到空旷的停车场，坐了下来。令人惊讶的是，他松开嘴，把老鼠放了。老鼠以为自己脱离危险了，欣喜若狂，撒腿就跑。

老鼠还没跑出一米，阿虎突然腾空跃起，用两只前爪按住了老鼠。"吱——！"老鼠发出一声撕心裂肺的惨叫。阿虎玩心大起，用两只爪子把老鼠拨来拨去，然后突然又松手了。老鼠拼命逃窜。阿虎再次跳起来，用前爪按住老鼠，把这个可怜的家伙玩弄于股掌之中。

阿虎的游戏仍在继续着。宽太目睹着阿虎正在享受的这场残酷的游戏,心中渐渐起了夺走那只老鼠的念头。宽太曾经吃过一次老鼠,虽然那是一只死老鼠,但味道相当不错。阿虎玩弄的那只老鼠甚是肥硕,吃起来一定十分可口。

一次又一次地放走老鼠,然后一次又一次地抓住他——在这个抓了放放了抓的过程中,老鼠渐渐变虚弱了。到最后连逃跑的力气都快没了,顶多跑个三米,就只能摇摇晃晃地蹒跚前进了。阿虎故意让老鼠跑得远一些,然后再跑着追上去抓住他。阿虎很享受其中的快感。

当老鼠逃到停车场的角落时,宽太嗖地从房顶飞了起来,径直冲向老鼠。与此同时,像是商量好了似的,小咕噜也起飞了。

小咕噜没有飞向老鼠,她的目标是虎斑猫。虎斑猫一惊,迅速拉开架势,小咕噜在他身前翻了个筋斗。说时迟那时快,虎斑猫腾地跳起来,伸出两只前爪想要对小咕噜进行夹击。

就在这时,宽太追上了老鼠,用右脚灵巧地抓起老鼠飞了起来。用一只脚捉住活老鼠是一项难度很大的技术,所幸老鼠已经被虎斑猫虐待得奄奄一息了,宽太才能一招制胜。

这次的作战堪称完美。宽太和小咕噜扔下目瞪口呆仰望天空的虎斑猫,满心欢喜地飞走了。

进入三月份，宽太和小咕噜结婚了，他们成了一对恩爱的夫妻。

宽太特别喜欢上野动物园。他把家安在代代木森林里，飞遍东京的各个角落去觅食，发现动物园里有各种各样的食物。而且，淘气鬼宽太很喜欢戏弄动物园里的动物，他觉得这样很好玩。疯丫头小咕噜和宽太趣味相投，两只乌鸦每次都很开心地去动物园玩耍。

三月是乌鸦筑巢的季节，乌鸦夫妇们都在各自喜欢的地方筑巢。他们有的把窝建在高楼屋顶的蓄水槽上，有的建在广告牌背面的横木上，还有的建在输电线的电塔上，筑巢的地点真是千奇百怪。筑巢的材料也是五花八门，有金属晾衣架、塑料袋、牙刷等等，什么东西都用上了。

小咕噜不喜欢这些又硬又粗糙的东西，她在已有的树枝上搭建了窝的框架，不过产卵的地方还是想使用柔软蓬松的材料。动物的毛是最理想的。

筑巢的地点是公园里一棵巨大的银杏树。到了冬天，树叶落光后会变得光秃秃的，不过由于树枝茂密，从下面很难发现鸟巢。而且到了孵化、养育雏鸟的时候，树上又会长满嫩叶，把鸟窝完全遮住。

小咕噜和宽太辛勤地捡来枯枝，搭建鸟窝的框架。圆盆状的架子里，铺着衬衫和内裤这类偷来的晒洗衣服。然后，他们飞到动物园，勤劳地捡拾落在地上的动物毛发。

　　这项工作看似简单，实际上十分辛苦。动物园的管理员每天都会打扫卫生，要想收集到适合筑巢的毛发其实是很费力气的。即便如此，他们还是收获了北极熊、狐狸、骆驼和日本猕猴的毛，铺在了窝里。可是这些毛都很短，一刮大风就被吹走了。一定得弄些长的毛来。小咕噜心想。

　　小咕噜盯上了雄狮。雄狮长着一张巨大的脸，头上厚密的长毛随风飘动。可是，怎么才能弄到他的毛呢？这是个难题。

　　对小咕噜来说，只有一个有利条件。雄狮放养在放养场里，特别喜欢打盹儿。熊总是待不住，经常到处转悠。与此相对，雄狮的动作总是很从容，常常午睡，仿佛在宣告自己是最强大的动物。就趁着他打盹儿的空当，去拔他头上的毛！小咕噜心想。

　　雄狮午睡时，小咕噜和宽太就停在放养场的栅栏上观察情况。天气还很寒冷，周末的动物园里游客并不多。

　　小咕噜悄无声息地降落在放养场里。两头雌狮正躺在岩石后面的阴凉处打盹儿，雄狮则在大约十米外的阳光照耀的草坪上午睡。春日的阳光倾泻而下，雄狮气派的鬃毛闪着金光。

　　小咕噜完全被那美丽的鬃毛迷住了，"我一定要得到它！"她心想。她刚想悄悄地靠上去，狮子忽然站起来了，弓着背打了个大大的哈欠，锋利巨大的牙齿在日光的照射下闪着寒光。雄狮张着大嘴打了个哈欠后，又趴了下来，闭上了眼睛。

多么大的嘴啊！小咕噜震惊了，僵在了原地。那张大嘴一口就能吞掉好几只乌鸦！到时候狮子嘴巴一闭，就会咔哧咔哧地把乌鸦的身体嚼个粉碎！竟然要从这么可怕的家伙的脑袋上拔毛，简直是不要命了——小咕噜吓得直冒冷汗，想要放弃了。

可是，她忽然看见了狮子的尾巴。长长的尾巴笔直地舒展着，尾巴尖儿上长了一团厚实细密的狮毛，从狮子嘴巴到尾尖大约有三米远。如果取狮子尾尖上的毛，说不定能得手。虽然知道这是冒险，可小咕噜还是压抑不住内心涌起的冲动。

小咕噜偷偷溜到狮子身后。狮子对这场小阴谋一无所知，还在舒服地睡午觉。小咕噜心一横，啄了一小撮毛，一使劲儿拽了下来。狮子抬起头，微微睁开蒙眬的睡眼看了看小咕噜，又沉沉睡去。

小咕噜叼着那撮毛飞回了窝。她把狮毛铺在北极熊和高角羚的短毛上面，金色的毛发看起来越发鲜艳了。要是多铺一些金毛，她的窝一定会变得特别漂亮！小咕噜高兴地想。于是她立刻飞回了狮子那里。

狮子还在呼呼大睡。小咕噜走近狮子尾巴，啄了一大撮毛，使劲扯了一下。

就在这时，一直像石头一样横卧着的黄褐色躯体就像触电了似的抽搐了一下，只听"嗷——"的一声怒吼，狮子猛地向后一挺身，径直扑向小咕噜。

小咕噜大意了。刚才拔毛时狮子的反应让她天真地以为再多拔些毛也没事。小咕噜差点就葬身在狮子的獠牙之下，她抓住仅有的一丝机会，飞起来在空中翻了个筋斗，拼命朝巨大的银杏树飞去，嘴里还叼着几根狮尾上的毛。

小咕噜勉强逃过了一劫，不过她并没有畏缩。她太想在窝里铺上狮子的金毛了。乌鸦一般都喜欢闪闪发亮的东西。他们常常收集啤酒瓶碎片、彩色玻璃碎片、玻璃弹珠和酒瓶盖等等。小咕噜对这些东西没什么兴趣，不过却十分痴迷于狮子的金色毛发。

这一天，受到惊吓的小咕噜不敢再去拔狮毛了。到了第二天，她又飞去了狮子放养场。当然，宽太也一起去了。小咕噜昨天的冒险让他十分惊讶，不过他很能理解小咕噜想要狮子金毛的心情。这也算是心有灵犀吧，所以宽太决心帮助小咕噜。

小咕噜停在松树上，静静地思考着。去拔狮子尾巴上的毛很危险，倒不如索性瞄准他脑袋和脖子上长的厚密鬃毛。一开始她也觉得那里离狮子嘴巴太近太危险，不过又转念一想——狮子嘴巴能够得着尾巴，却够不着脑袋啊。就这样，目标确定——威风凛凛的狮子鬃毛！

小咕噜开始向狮子靠近。宽太也想和她一起去,不过又停下了。因为他只有一只脚,走路时没法像小咕噜那样消去声音。虎斑猫事件以来,宽太已经将这个教训铭记在心。要是在柔软的草坪上,他还能努努力,不弄出声音。可是,狮子睡觉的地方是硬邦邦的水泥地。

小咕噜毫不犹豫地啄住一撮长长的鬃毛,瞬间发力,使劲往下拔。狮子受惊了,把头甩向小咕噜所在的方向,张开了大嘴。就在这时,宽太全速飞了过来,几乎是擦着狮子的脸飞走了。狮子以为这就是拔他鬃毛的乌鸦,立即起身追了上去。

两只乌鸦一起飞回了窝,在他们身后是狮子的阵阵怒吼声。这次带回来的毛发,比上次的尾毛不知要漂亮多少倍,又粗又长,在春天的阳光下闪着美丽的金光。

小咕噜和宽太尝到了甜头,每到狮子午睡时,他们就来拔鬃毛,乐此不疲。狮子被这两只像苍蝇一样怎么轰都轰不走的乌鸦折磨得焦躁不安。他没有办法睡午觉。每当他刚想躺下来午睡,停在松树上的两只乌鸦就会飞下来捣乱。

狮子怒不可遏,在放养场里走来走去,坐立不安,甚至开始攻击雌狮,在场地里乱跑。

饲养员中田注意到,雄狮变得十分神经质,总是焦躁不安,静不下来,而且动不动就攻击雌狮。他留心观察了一下,发现起因竟然是两只乌鸦。这对乌鸦是一只独脚乌鸦和另一只体形略小的乌鸦。他们藏在放养场的松树上，耐心等待狮子午睡时间的到来。等到狮子迷迷糊糊快要睡着的时候，他们立刻飞下来。令人钦佩的是，两只乌鸦采取协同作战的方式。这个巧妙的战术让狮子无从防守。狮子那蓬松厚密的鬃毛已经变少变薄了一些。真是可怜！

这些乌鸦太过分了！得想办法阻止他们。而且，要是这件事情被媒体知道了，那就糟糕了。前些天也有孩子大喊："啊！快看啊！乌鸦在欺负狮子呢！"从那以后游客就多起来了。一旦"拔狮毛的乌鸦"的故事被刊登在报纸上，动物园里一定会人山人海，到那时狮子的神经衰弱就更严重了。"好吧，我要把那两个家伙逮住！"中田露出了得意的笑容。

乌鸦是聪明的鸟，就算下套，也会被他们立刻识破。乌鸦喜欢吃肉，最简单的办法就是在肉里下毒毒死他们。可是，中田特别喜欢动物，这种残酷的事情他是绝对做不出来的。

用箱子？网？还是设陷阱？中田考虑了许多办法，不过似乎哪一种都不理想。首先，要拿什么东西做诱饵来吸引乌鸦呢？最好是用他们爱吃的肉，不过很有可能被猫和老鼠叼走。老鼠倒也罢了，要是把家猫引来就麻烦了。还有一种方法是用钓钩插在肉里，把肉挂在树上，可是一旦钓钩刺进乌鸦喉咙深处，再取出来就不是那么容易的事了。一不小心就可能杀死乌鸦。心地善良的中田也做不出这种事。

很显然，乌鸦想要的是狮子的金色鬃毛，或许是拿来筑巢用的。他们的窝好像建在高大的银杏树上。要不然直接把窝端了？绝对不行。他们一定会再建一个新窝。要是辛辛苦苦积攒的狮子鬃毛被人类偷走了，乌鸦们会疯的。他们肯定会为了建新窝更加疯狂地来拔毛。

"狮子毛、鬃毛……"中田正在喃喃自语，忽然，他的目光停留在了对面斑马的身上。中田突然有了一个好主意。"啊！就是那个，就用那个办法。鬃毛——长长的尾巴——麻雀——"中田在心里玩儿起了联想游戏，忍不住"噗"地笑出声来。

第二天，中田兴冲冲地来到了野生动物园，那里饲养着许多狮子。他拜访了很早以前就认识的饲养员谷，对他说："请给我一些狮子鬃毛和脱落的毛发。"谷一脸狐疑，不知道中田要这些东西做什么。不过听了中田的解释后，他笑了，说道："这个忙我帮了。"

野生动物园在广阔的田野上饲养着十头狮子，因此狮子的毛发随处可见。不用费多大力气，谷就收集到了许多狮毛。

短毛装了满满一塑料袋，长鬃毛也收集了一把。中田兴高采烈地回到了上野动物园。

雄狮前不久被关进了笼子，没有放进放养场。笼子旁边还立了一块牌子："雄狮感冒了，正在笼内休息。"

小咕噜和宽太闲得发慌，十分无聊。他们觉得收集狮子鬃毛十分有趣，而且这两只爱搞恶作剧的乌鸦更喜欢戏弄狮子、惹他发怒，喜欢冒着极度的危险拔下鬃毛的刺激感。可是，现在狮子被关进了笼子，而且管理员大叔对他们十分警惕。这些他们都能感觉得出来。

小咕噜和宽太趁管理员大叔不注意，有时会飞到笼子前面。眼看着狮子在里面睡午觉，他们却什么也做不了。小咕噜生气了，用喙"咚咚咚"地啄着笼子的铁栏杆。狮子睁开眼瞪着她，"嗷"地小声叫了一声。

一天早上，飞来放养场的两只喜欢恶作剧的乌鸦发现地上散落着狮子的短毛。动物园到十点才开园，雌狮们还关在笼子里。

昨天他们没来过，或许是雌狮们发生了争斗，也可能是换毛了。当然，在乌鸦的脑子里是绝不会去追究什么原因的。不过小咕噜和宽太仍旧歪着脑袋，因为他们从没见过这么多的毛掉在地上。

小咕噜嗅了嗅，十分小心地啄起了一根毛。没有什么不对劲的。小咕噜又啄起了附近的几根毛，含在嘴里。虽说短毛远远比不上鬃毛的魅力大，不过有了这么多毛，应该能做出一个柔软暖和的窝了。小咕噜完全解除了警惕，开始收集毛发。宽太见状，得知没有危险，也开始捡拾毛发。两只乌鸦高高兴兴地带着收集的毛发回巢了。

同样的事情又连续发生了两天。连着三天地上掉满狮毛,这是绝对不可能的事。不过两只乌鸦并没有起疑心,因为他们没有那么聪明。他们现在一心想着收集许多柔软蓬松的毛发,建造一个高级的窝。

第四天早上,毫无防备的淘气鬼乌鸦们降落在狮子放养场的栅栏上。早晨八点,动物园里一个人都没有,四周一片静悄悄。在放养场里,散落着比平时多出一倍的毛发。而且,最让他们高兴的是,其中混杂着许多金色长鬃毛——在往常一般只有几根。

小咕噜和宽太对视了一下——太棒了!今天究竟是怎么了?简直就是一座金山啊!

两只乌鸦毫不犹豫地降落在鬃毛散落的地方。

宽太啄起了三根特别闪亮的金色鬃毛,向前蹦了一下。跳起来的脚好像被什么东西拽住了,他无法前进了。宽太吃了一惊,低头一看,原来是他的脚被鬃毛缠住了。是这么回事啊!于是他向上跳起,想要飞起来,可令人惊讶的是,鬃毛的另一端被牢牢固定在地面上,他走不了了。

宽太慌了,拼命地跳着,这下反而更糟了。四周的鬃毛像藤蔓一样缠到了他脚上。

糟糕!宽太张开翅膀想要飞上天空,可是缠在脚上的几根鬃毛的另一端都是固定在地面上的,宽太刚刚起

跳就一下子被扯回了地面。

他刚想用嘴解开缠在脚上的鬃毛,这时,中田拿着网从放养场的笼子旁边冲了出来。拼命想要逃跑的宽太被网罩住了,乖乖地趴在了地上。

中田的策略大获成功。当他一边嘟囔着"鬃毛、尾巴",一边盯着斑马看时,忽然想到了一个主意。从小就喜欢动物的中田很擅长捕鸟,他想到的是活捉麻雀的方法。

麻雀是很聪明的小鸟,想要活捉它不是件容易的事。最有效的捕捉方法是用马尾毛做的圈套。将马尾毛的一端扎成直径五厘米的圆圈,然后把较长的马尾毛从中穿过,做一个直径几厘米的环。一旦麻雀的脚套进了环里并开始走动,圆环就会越缩越小,并最终勒紧麻雀的脚。这叫作"捆绑套"。

中田做了许多用马尾毛做的捆绑套,将其一端固定在地面上并伪装成平常的样子。在圈套里撒上米,等麻雀来拾米吃的时候,脚就会套在圈套里,无法逃跑,这个时候就可以捉住它了。麻雀的警惕性很强,不过看到平时见惯了的马尾毛就会放下心来,不会注意到这是一个圈套。

中田觉得只有这个方法能捉住那两只淘气的乌鸦。至于两只乌鸦能否悉数落网,就得看运气了。不过,那只独脚乌鸦肯定会被套住的。

中田的预想是正确的。小咕噜没有被套住,当中田拿着网跑出来时,她迅速逃走了。狡猾的宽太被套住了,而冒失鬼小咕噜却逃过了一劫,这都是因为宽太只有一只脚。

乌鸦可以两只脚一前一后地走,也可以两只脚一齐朝前蹦着走,可是独脚宽太只能一蹦一蹦地向前走。而且,由于他起飞时要把力气都集中在这一只脚上,所以习惯用脚趾尖轻轻摩擦地面。如果是用小碎步快走,就会踩在套索上面,脚不太容易套进环里。可是一只脚蹦着前进时,脚趾不知不觉就会钩住环套,环套也很容易就把脚绑住了。中田是个经验丰富的饲养员,精通鸟类的步行习性,因此他预测:独脚乌鸦会首先被套住。

宽太被放进了鸟笼。这里的鸟笼并不是悬挂起来的那种小鸟笼,而是农户家关鸡的粗孔铁丝网制成的笼子,长一米五、宽一米,是放在地上的。宽太虽然被囚禁了,但在笼子里可以自由行动,并不缺乏运动。

宽太想要逃出去,便使劲啄绑在框架上的铁丝,想要解开它。如果是塑料绳或麻绳,啄上几次以后就会松掉了。可现在是铁丝,如果不顾一切地硬来,宽太只会把嘴弄伤。

小咕噜每天都过来。最初,她拼命地帮宽太逃走,可是渐渐地,她明白一切都是徒劳。

小咕噜已经彻底放弃收集狮子毛了。她已经深刻地体会到这是一种十分危险的行为，不过，更重要的原因是，宽太被捉住后她完全没了那个心思。和宽太一起冒险拔狮毛的游戏玩儿不成了，她的兴趣也减退了。

一旦明白很难从铁丝笼里逃出来，宽太和小咕噜只好隔着铁丝网互相碰嘴亲吻，然后开始梳理羽毛。可是毕竟他们中间隔了一层铁丝网。虽然很窝火，不过他们仍旧感到欣慰。

可是，宽太和小咕噜没法悠闲地享受梳理毛发的幸福时刻。管理员大叔随时都有可能出现。有一次他拿着网子跑出来，把两只乌鸦吓坏了。小咕噜连忙飞走了。这个管理员大叔太狡猾了，为了抓住小咕噜，他会不择手段。

后来，小咕噜完全不想筑巢了。就算不用狮子毛，还有小树枝和草，并不缺筑巢的材料。不过，那股想要筑巢的冲动已经消失了。就算把窝建好了，宽太不在，也无法产卵。没有宽太，筑巢没有任何意义。

有些单身的雄乌鸦知道宽太不在了，便向小咕噜求爱。可是小咕噜完全没有恋爱的心情，冷冰冰地赶走了青年雄乌鸦。

一天，中田拿来了许多狮子鬃毛，在铁丝笼周围设下了捆绑套。他打算把一对乌鸦中的另一只——那只每天都来探望的乌鸦一并逮住。听说乌鸦一旦结为夫妇，便会一直忠于对方，至死不渝。看来这个传说是真的，中田心想。那只逃走的乌鸦每天都飞过来探望,两只乌鸦隔着铁丝网十分恩爱地为对方梳理毛发。看着这幅情景,中田觉得他们又可怜又可爱,于是决心成全他们,把两只乌鸦养在一起。那只乌鸦最喜欢狮子毛,一定能抓住她。

宽太十分清楚铺在地上的狮毛意味着什么。他虽然不明白捆绑套的结构,可是却知道自己就是被这个东西抓住的,深知它的危险性。

中田走后没多久,小咕噜来了。她看到笼子周围撒满了狮毛,心想,有些不寻常啊,便停在栅栏上观察。小咕噜想要筑巢的本能已经消退了,现在对狮子毛彻底丧失了兴趣。因此,她已经不想去收集那些毛了,只是觉得疑惑:为什么笼子前面突然撒了这么多狮毛?

宽太快急疯了。虽说小咕噜现在十分谨慎地停在了栅栏上,可谁知道她会不会像平时那样突然冒冒失失地飞下来?"嘎——嘎——嘎——"宽太大声叫着,扇动着翅膀:危险!不要过来!

小咕噜有些费解地歪着小脑袋,叫了一声——怎么回事?为什么有这么多狮子毛?

小咕噜从栅栏上跳了下来,向前蹦跶了三四步,然后停住了脚步。

宽太大声叫喊着,张开翅膀在笼子里走来走去——不要靠近!

他的举动似乎被小咕噜理解成了"快点过来",她小心翼翼地又向前走了两三步。宽太大吃一惊,想要阻止她,在笼子里扑腾起来,用脚使劲踢铁丝网。

"咕!"——糟糕!

宽太的独脚卡在了铁丝网眼外头,抽不回来了。

小咕噜看见了,凑上前去想要帮他,这时,藏在隐蔽处的中田冲了出来。宽太如果继续扑腾,卡在铁丝网里的那只脚很有可能就折断了。得快去帮他!中田边想边慌慌张张地跑了出来。小咕噜一看中田来了,赶紧飞上天空逃跑了。

中田从铁丝网眼里把宽太的脚顺利解救出来,终于松了口气。他嘟囔道:"喂,老兄,折腾得太厉害会把脚弄断的!要是把仅有的一只脚弄断了,你可怎么办啊!会没命的!得把它保护好啊!"

中田抱着胳膊,在笼子旁边杵了一会儿。然后,他"嗯"地沉吟了一声,抬起头看着天空。忽然,他的脑海里浮现出一个好主意。中田觉得他应该帮这只乌鸦变回两只脚。宽太失去的是左腿膝关节以下的部分,大腿还好好地留着,只要在他膝关节下方凸出的部分装上假肢就可以了。刚装上时会比较僵硬笨拙,不过只要他多加练习,走路一定会越来越灵活。

中田立刻开始动手制作假肢,然而这项工作比想象中要困难。鸟类的小腿是有弹性的,它的作用是巧妙地缓解冲击，因此质地坚硬的木头或竹子是无法使用的。中田找出了有弹性的塑料棒，决定用它来做假肢，不过如何制作脚趾又成了难题。乌鸦的脚趾三根朝前一根朝后，趾尖上长着锋利的爪子，可以用脚趾牢牢抓住目标。制作能抓东西的脚趾原本就是不可能的，中田只能放弃。不过，如果只有一根像木棍一样的假肢，假肢就会插进地面，所以中田绞尽脑汁，用硬的橡胶做出了类似脚趾的东西。

幸运的是，宽太的膝关节还留着。他从膝关节往下一厘米的下肢都被猫吃掉了，但好歹保住了膝关节。乌鸦的腿呈弯曲的"〉"形，大腿朝后生长，以膝关节为转折点，小腿向前方凸出。这与人类的腿的弯曲方式完全相反。因此，如果宽太没有膝关节，就只能把假肢安在大腿上，如此一来，整条腿就都向后了，根本没办法走路。所以说宽太保住了膝关节，真是幸运。

宽太被捉住了，他还没来得及挣扎，突然脑袋上就被蒙上了一个塑料袋。他吸了一口气，感觉意识渐渐模糊了。

宽太横躺着，脑袋晕乎乎的。塑料袋里装了氯仿气体，他就是因为吸了这个而晕过去的。他感到浑身无力。过了一会儿，宽太的意识逐渐清醒了，他想要站起来。他扇动着翅膀，像往常一样右脚发力，努力想要站起来，可是好像有什么东西戳到了地面，他的整个身体

都向前倒去。

宽太惊讶地发现，自己的左腿上装了一根棍子。正是这根棍子撑在地面上，让他摔了个跟头。宽太想用嘴把它弄下来，可是那东西牢牢地接在腿上，怎么弄也弄不下来。

宽太放弃了，像平时一样用一只脚站着，假肢则朝前支棱着。

"不是这样！要把左脚的脚趾撑在地面上，像以前那样用两只脚走路。应该能走得很好。快！再加把油！"

中田在笼子外面对宽太说道。他还不停地将左脚抬起、放下，踩踏地面，这么做是想告诉宽太要把假肢放下来。

宽太知道那位饲养员大叔拼命地对自己说着什么，还用左脚不停地敲打地面，可是却丝毫不明白他的意思。

中田急了，将双腿弯曲成"〉"形，走了几步，训斥宽太道："看见了吗？像这样走几步试试看！肯定没问题！"

宽太看着中田喋喋不休地说着，还用奇怪的姿势走路，显出一副事不关己的样子，又用嘴去啄假肢，想把它卸下来，但仍旧无济于事。宽太不耐烦了，在笼子里用一只脚蹦来蹦去。

过了几天，宽太被放进了一种叫作"飞行笼"的巨大笼子中。因为中田觉得他在小笼子里独自生活太可怜了。

飞行笼是个巨大的铁笼子，高十米，长三十米，宽十五米，里面种了许多种植物。与被关在小笼子里大不相同，鸟类在这里可以自由飞翔，环境相当不错。

宽太用独脚站得笔直，左腿上的假肢向前支棱着，四下张望起来。如果不事先了解这个地方的状况，就不知道这里潜藏着怎样的危险。

眼前的树枝上，有两只脑袋略微发黄的蓝色小鸟。两只小鸟用很快的语速轻声聊着天，互相用嘴为对方梳理羽毛。这是一对情侣鹦鹉。

"他们是谁？我从没见过这种鸟。"宽太纳闷儿地想。真是个奇怪的地方，宽太瞬间警惕起来。

"啾，啾，啾！"几只小鸟叽叽喳喳地叫着，落在榉树枝上。这是一群远东山雀，他们的对面是一只栗耳短脚鹎。宽太在上野公园曾经和这种鸟打过交道，现在看到这里有自己认识的鸟，他稍稍松了口气。

大笼子里还有雕、鹰和猫头鹰，他们都是危险的鸟类。宽太必须提高警惕。当他发现有猫头鹰在时，不禁心里一紧。这让他想起了自己的妹妹被猫头鹰杀害时的可怕情景。必须对这家伙格外小心，宽太暗暗提醒自己。

上野公园里也常常会飞来小鸟，不过从没有这么多。在各种鸟类居住的狭小空间里生活，令宽太窒息。不过，和孤零零地被关在小笼子里相比，能够自由飞翔就已经很舒适了，虽然这地方很窄。

宽太成了八哥鸦

无论遇上多大的困难，以宽太的性格，他都会积极地勇往直前。他很快就适应了飞行笼里的新环境，在树木之间穿梭飞翔，享受着自由飞行的乐趣。虽然和野生生活相比还是有很多限制，不过这里食物充足，在这里生活也还不错——宽太暂时获得了满足。可是，他心里却总觉得缺了点什么，空荡荡的，有时候甚至会感到莫名的孤独。

那对情侣鹦鹉十分恩爱地蹭嘴，耳鬓厮磨，然后开始梳理羽毛。宽太呆呆地看着他们，忽然明白了心中的空虚是什么——是因为小咕噜不在身边，他太寂寞了。之前，为了适应新环境，为了能顺利地生活下去，他一直都在拼命努力。或许是因为他适应了飞行笼里的生活，心情放松下来的缘故，情侣鹦鹉恩爱的样子让他想起了小咕噜。

就在这时，他听到了一声熟悉的叫声："嘎！"他循着声音看去，只见小咕噜正在笼子外面拼命地啄铁丝网——是我啊！你听见了吗？快过来啊！

宽太就像被一根线牵过去一样，径直飞到了小咕噜身边。由于太过思念，他不顾一切地扑向小咕噜。然而宽太并没有感受到小咕噜那温暖的羽毛，冰冷的铁丝击碎了他的美梦。宽太愤怒了，他开始用嘴从各个方向疯狂地啄铁丝网。"咚！咚！咚！"坚硬刺耳的声音打破了四周的宁静。

宽太与小咕噜透过铁丝网互相用喙摩挲着，确认他们深爱着对方。可是，除此之外他们什么也做不了，两只乌鸦隔着铁丝网紧紧偎依在一起。

空气中隐隐飘来瑞香花的香气，小鸟们叽叽喳喳叫个不停。栗耳短脚鹎发出尖锐的叫声，无情地撕裂了小鸟们兴高采烈的啼叫声。猫头鹰闭着眼睛一动不动，仿佛白天发生的任何事都与他无关。

沐浴着春天温暖的阳光，宽太心花怒放。在这个幸福的时刻，那些孤零零独自挨过来的寂寞日子，还有脚上被迫装上碍事儿的棍子的经历，仿佛都像一阵风似的消失得无影无踪了。

宽太被抓住后，小咕噜完全没心情筑巢了，那些发疯似的拼命收集狮毛的日子也仿佛做梦一样。她每天都机械地重复着同样的事情：早晨去觅食，在天空飞翔，到了傍晚回到银杏树上睡觉。

小咕噜四处寻找宽太的足迹，后来在飞行笼里发现了他。可是，他的样子有点怪，左腿上安上了一根棍子，棍子的前端有短小的分叉，三根朝前，一根朝后。

那只动作灵活、充满自信、精神抖擞地飞来飞去的独脚乌鸦不见了。他脚上的棍子经常戳到地面，他有好几次都险些摔倒，走路的动作也十分笨拙，那副样子已经不是昔日那个机敏活泼的宽太了。小咕噜非常失望，不过怀念和亲切的感觉仍然驱使她走到了宽太身边。

宽太成了八咫鸦

小咕噜和宽太比肩而坐，可是她的内心仍然无法平静。宽太很享受地闭着眼，静静地一动不动。小咕噜想紧紧靠着他的身体，可是中间却隔着硬邦邦的铁丝网。小咕噜在铁丝网的另一侧坐了下来，那冰冷的铁丝网似乎在告诉她：我们再也无法像以前那样恩爱地生活了。

　　远处传来了脚步声，那声音越来越近了。一定是那个饲养员。一旦被他发现，他不知会做出什么事来，恐怕稍不留神小咕噜也会被他抓住。只要那个男人在，宽太就会一直被囚禁，而且不知道会遭到怎样可怕的对待——就像现在，他腿上就被装上了奇怪的棍子。

　　小咕噜站起身来，扇动翅膀飞了起来，在空中翻了个筋斗，然后就径直朝远处的天空飞去了。

　　"啊！这下要永别了。再见！"宽太眯着眼睛，呆呆地看着小咕噜飞向天空的背影。他连站起来的力气都没了，一动不动地蹲在原地。

　　中田走过来了。宽太慌忙离开铁丝网，急急忙忙地逃走了。宽太一直不相信这位饲养员大叔，天知道这个人会突然干出什么事来，他始终没有摆脱这种恐惧。

　　如果在以前，宽太一定是用一只脚轻巧地蹦跳着逃走，但现在左腿上的假肢太碍事了。因为急着逃命，他本能地向前伸出左腿，结果假肢卡在地上，走路的样子十分难看。

"哈哈哈！走起路来好多了！照这样下去，总有一天会熟练地使用左腿的。"中田自言自语了一阵，露出了意味深长的微笑。接着，他又嘟囔了一句："看来那件事有门儿。"

在这里有必要交代一下中田所说的"那件事"。中田描绘了一个宏大的梦想，并正在努力实现它。中田是一位铁杆足球迷。世界杯四年举办一次，而日本队的顶梁柱是中田英寿。因为他的姓氏和中田相同，所以中田是他的狂热支持者。日本队的标志是八咫乌，队员的队服上都画着八咫乌的图案。八咫乌是神话中长着三只脚的巨大乌鸦。中田所说的"那件事"，就是指这个。

根据宽太目前的情况来看，只要假以时日，熟练使用假肢应该不成问题。到那时，就在他的胸前再安装一条假肢。这样，八咫乌就诞生了！中田单是在心里想想这个念头就高兴得不得了。看着步履蹒跚的宽太，他不禁心中窃喜。

一阵喧哗声传来，动物园里顿时热闹起来。是一群参观动物园的小学生走过来了。走在最前面的是两个男孩。宽太用右脚使劲一蹬地面，高高地飞了起来。一个眼尖的男孩大叫起来。

"咦？快看！它的脚上安了根奇怪的棍子！"

谁是坏家伙？
——宽治的最后时刻

　　清爽的风吹过开满了红艳艳花朵的光叶石楠矮树篱，送来阵阵浓烈的香气。院子花坛里盛开的白色玛格丽特菊，还有小菜园里种的葱开了花，都在风中轻轻摇曳。

　　木下家的父亲走到院子里，有些无聊地嘟囔了一句：

　　"嗯，都不见了。"

　　"不见了？什么东西不见了？"

　　儿子雄太有些纳闷儿地看着爸爸的脸。

　　"你去看看玛格丽特菊和葱花。"

　　雄太按照爸爸的吩咐，跑去看花了。玛格丽特菊——这些有着少女般名字的白色菊花和往常一样，并没有什么不同，那些葱花则像童话王国城堡里的一座座高塔，沐浴着早晨的阳光，高高耸立着。爸爸到底在说什么东西不见了？难道是青蛙？雄太将视线转向玛格丽特菊的根部。

"过去——其实就是不久前，玛格丽特菊和葱花上都有许多金龟子和日本筒天牛，蜜蜂和食蚜蝇嗡嗡嗡地飞来飞去。别看是这么小的花园，照样聚集了那么多的虫子，可热闹了。"

"还真是呢。我记得小时候还有很多墨绿彩丽金龟。"

雄太是小学六年级的学生。他回想着上学前的日子，用怀念的语气感慨道。

"真是个寂寞的小院儿啊！这些花好不容易储蓄了这么多美味的花蜜，如果没有朋友来拜访，一定会觉得无聊的。"

爸爸的声音听起来很落寞，雄太觉得爸爸说得没错。这就像一个蛋糕店摆好了许多美味的蛋糕——泡芙、萨赫蛋糕、奶油水果馅饼……可是却一个客人也没有。雄太看着这些盛开在五月阳光下的漂亮花朵，越发觉得它们可怜了。

"哥哥，燕子在做窝呢！快来看！"

正在上小学三年级的妹妹绘美开心地大叫着从小门里探出头来。雄太顿时觉得心里暖融融的，急忙朝大门跑去。

在大门的屋檐下，两只燕子正在筑巢。他们应该是一对夫妻吧！他们轮流用喙衔来泥土和干草，紧贴着墙壁上做好的基础框架，一点一点地扩建他们的窝。

"太好了！今年他们也来了！"

妈妈由衷地感到高兴。

不知从什么时候起，奶奶也加入进来了。木下家一家五口都聚在大门口，看燕子筑巢。

"爸爸，虽然昆虫们不来看院子里的花了，可是燕子还是每年都飞来咱们家呢！太好了！"

雄太现在的心情就像是心里点亮了一盏灯。

"嗯。燕子还来筑巢，这就说明东京还有许多昆虫供他们养育雏鸟。看来暂时还不用担心啊。"

爸爸仿佛自言自语般小声嘟囔道。

"燕子临门，一家安泰。人们都说燕子能带来幸福呢。自从我嫁到这个家来，他们每年都会飞来，从没间断过。"

幸江奶奶无限感慨。

"爸爸，燕子能活几年？"绘美问。

"这个嘛，我也不太清楚呢。应该能活六七年吧？长寿的话活十年应该没问题。"

"这么说，从奶奶来到这个家开始，燕子已经连续好几代在我们家做窝了！太了不起了！可是，燕子宝宝是怎么继承家业的呢，爸爸？"

"这个嘛，我得去调查一下，可能是在咱们家窝里成长的记忆已经刻在他们的身体里了，是一种不可思议的

本能吧。"

爸爸语塞了。爸爸是中学的理科教师，不过他也有不知道的事。

"我会尽量多观察观察他们，虽然学校也挺忙的……"

"那我也要一起观察！好像挺有趣的！"绘美兴奋地大叫。

"爸爸和妈妈白天都要忙工作，不在家，我就趁有空的时候过去瞧一瞧吧。虽然可能帮不上什么忙。"

"谢谢奶奶！哇——太厉害了！观察三人组成立了！"

绘美高兴得不得了，握住了雄太和奶奶的手。

燕子的窝在五月八日建成了。虽然没有看见雄鸟和雌鸟交配，不过到十四日再去看时，窝里出现了四枚鸟蛋。白色的蛋壳上点缀着小小的褐色斑点，四枚蛋都包裹在羽毛里。

孩子们很想知道燕子究竟会下几个蛋，可是又担心总去看会吓到燕子，于是就忍住了。十六日那天，一只燕子开始坐在窝里孵蛋，爸爸说，燕子是每天产一枚蛋，等全部产完了再孵蛋，所以应该是下了六枚蛋。

产下的蛋是由雌鸟和雄鸟交替孵化的。由于他们必须外出觅食，只有一只鸟的话是无法不间断地孵蛋的。

燕子乍一看分不出雌雄。孩子们翻阅了有关鸟类的书，上面说雄鸟的尾巴要长一些。于是他们仔细观察了一下，发现两只燕子虽然外形相同，其中一只的尾巴却比较长，这只应该就是雄鸟了。就暂时叫他们丘太和丘子吧！

"丘子孵卵最勤快了，丘太好像有点儿偷懒呢。"奶奶告诉雄太和绘美。于是他们决定到休息日的时候亲自去看一看。

早上九点，他们去确认了一下。丘子一般孵卵十分钟到二十分钟，就会飞出去觅食。这期间会由丘太进行孵卵，不过丘太并不是每次都去孵卵。

"奶奶说得没错，雄鸟果然在偷懒，看来父爱没有母爱那么浓烈啊！"

绘美有些自以为是地说道。雄太觉得绘美像是在说他，一时陷入了沉默，不过他忽然想到了该怎么反驳。

"我觉得未必。你觉得丘太都在哪里待着？"

"在哪里待着？"

"丘子孵卵的时候，他必定会待在前面的电线上或松枝上、屋顶上，对吧？除了要外出觅食，他都是在鸟窝的四周保护家人。燕子妈妈更擅长育儿，所以就主要由妈妈负责，丘太负责的是警戒。这难道不是伟大的父爱吗？"

"原来如此，的确是这样啊。希望小鸟能顺利孵化出来。"绘美表示赞同。

开始孵卵以后第十六天，绘美告诉雄太：窝里好像有雏鸟的叫声。绘美的耳朵特别尖，一点点微小的声音都不会听漏。曾经有一天半夜，绘美突然醒了，坐起来说："我听到有蜈蚣爬动的声音。"雄太半信半疑地打开灯，一边揉着惺忪的睡眼一边到处找，果然发现有一只大蜈蚣趴在隔扇上，吓了他一大跳。雄太的家是木造的老房子，有时候会有蜈蚣爬进来。

雄太被绘美带着来到燕子窝下面，竖起耳朵仔细听，可是什么也没听见。没多久，雌燕叼着虫子回来了。她刚一落到窝的边缘上，窝里便传来"啾啾啾"的可爱叫声。

"哇——！小鸟孵出来了！"绘美高兴地拍起手来。

"嘘！别这么大声！燕子妈妈会警惕起来的！嘘——"雄太用手捂住绘美的嘴，"咱们悄悄地看看窝里。"他搬来了脚凳，趁燕子父母出去捕虫的时候，悄悄地朝窝里看去。窝里蜷缩着三只没长毛的雏鸟。他们的脑袋像红色的骷髅，上面长着一对巨大的眼睛，光秃秃的细细的爪子不停地挣扎着。这么丑的雏鸟长大以后竟然会变成那么漂亮的燕子？真是不可思议。

出生后第十一天，雏鸟睁开了眼睛。爸爸妈妈一回巢，他们就拼命伸长了刚刚长出稀疏羽毛的脖子，"啾啾"地尖叫着索要食物。雏鸟一共有六只，和预想的一样，雄太偷看过之后又孵出了三只雏鸟。

出生二十天以后，雏鸟们的羽毛都长齐了，看起来精神极了。每当爸爸妈妈回巢，他们都会拼命张着边缘是黄色的喙，"啾啾"地大声叫着要吃的，那样子简直可爱极了。他们的父母则忙着给他们搬运食物。

"燕子爸爸妈妈真不容易啊！自己都没有时间吃饭呢。"绘美钦佩地说道。

"我还以为东京早就没有虫子了，看来燕子还是能找到很多虫子啊。雏鸟要吃多少才能饱啊？"雄太看着爸爸的脸问道。

"没错。现在咱们来做一道科学作业题。绘美说燕子'很不容易'，如果把'不容易'换成科学的表达方式，该怎么说？"

"嗯。忙着搬运食物——要搬运好多次，很不容易……应该就是这样了。"

"嗯，说得好。搬运好多次这种说法，怎样进行精确的表述？"

"啊！我知道了！只要数一数一共搬运了多少次就可以了！"雄太开心地说。

"答对了！顺便也思考一下雏鸟究竟要吃多少虫子这个问题。"

雄太决定用父亲那只带秒针的手表来计算燕子觅食的次数。

结果，从上午十点到十一点之间，燕子竟然搬运了一百二十二次食物。绘美瞪大了眼睛，说道：

"太厉害了！平均三十秒一次啊！这下我明白了，明白了什么叫'不容易'。"

"他们觅食的次数竟然这么多，爸爸也很吃惊。不过，有可能不同的时间段，运送食物的次数也不一样。中午最热的时候和傍晚的时候肯定不同，而且觅食的频率也会根据天气情况而变化。"

"嗯，即便是燕子爸爸妈妈也得休息啊，而且还得留出时间来给自己弄吃的呢。"绘美说。雄太接着说道："我觉得这也和虫子的活动规律有关。天气好的时候和阴天的时候，昆虫的活动是不一样的，就算是同一天里，早晨和傍晚的情况也是不同的。这么说的话，最麻烦的就是调查一天之内觅食的频率了，必须从早到晚不间断地观察，恐怕连上厕所的时间都没有。"

"嗯，你注意到了很重要的一点，没错。要想弄明白野生动物的行踪，是一件非常不容易的事，虽然看上去好像没什么。仅仅是计算搬运食物的次数就已经这么困难了，所以要想弄清楚他们吃了什么、吃了多少，就更难了。"

"如果是苍蝇或蜂这类昆虫，还容易观察一些，可如果是蚊子和蚂蚁这种小虫子，光靠眼睛观察，简直就是不可能完成的任务啊。"

雄太终于明白了动物行为观察的艰辛。爸爸笑了，说："仅仅依靠肉眼观察是有局限的。只要开发出新型观察工具，例如双筒望远镜，就能获得精确度相当高的观察结果。要巧妙地应用科学技术。"

"怎么应用？"雄太的双眼闪烁着好奇的目光。

"当燕子父母停在窝的边缘上喂食时，这一时刻会被自动记录下来。与此同时，两架相机会自动按下快门。只要安装这样一个装置，喂食的次数和时间、嘴里衔的东西都会自动记录下来。然后再对这些数据进行分析，就会弄清楚关于燕子喂食的许多事情。"

"哇！我也想试试看！"雄太和绘美佩服得五体投地，一齐说道。

"等你们快上完初中或是上高中以后就能做了，就是得花点钱。如果那个时候燕子还来的话，咱们就一起做一个自动记录装置吧。不过我比较担心到那时燕子还会不会飞来。"

"嗯！一起做吧！"雄太劲头十足地说道。这时，突然传来"啾啾啾"的叫声，只见雏鸟们同时把头缩进了窝里。

发生什么事了？雄太有些纳闷儿地四下看了看，只见一只乌鸦落在了前面的电线杆上，发出"啾啾"的警报声的正是丘子。

"乌鸦盯上雏鸟了！嗯，这下糟了。"爸爸神色严肃地说道。

三天后，发生了一件事。

绘美放学回家，幸江奶奶突然脸色苍白地对她说："出事了。"

一只雏鸟被乌鸦吃掉了，而且这个悲剧是由一件意想不到的事情引起的。

中午一点左右，奶奶听见雏鸟的叫声有些异样，便打开大门想看看是怎么回事。只见地上的角落里有一只雏鸟正在扇动翅膀挣扎。难道是从窝里掉下来了？奶奶心想，便抬头看了看鸟巢，可是窝里明明有六只雏鸟啊！

也许是别处飞来的刚出窝的雏鸟用尽了力气掉在地上了？可是窝里雏鸟们兴奋的样子，实在是非比寻常。太奇怪了，奶奶不禁仔细观察起来。结果发现有一只雏鸟喙上的黄颜色比较少，黑色居多。其余五只雏鸟都很惊慌，可唯独它十分镇静，一副令人讨厌的赖着不走的架势。莫非是从外面飞来的？这个念头在奶奶心中闪过。就在这时，从地面的角落里传来微弱的声响。

幸江奶奶忍不住"啊"地叫了一声，吓得后退了两三步。一只乌鸦叼起了落在地上的雏燕，正死死地盯着她看。

雄太回来的时候天还没有黑，听说这件事后他简直不敢相信。可是当他仔细观察了雏鸟们从窝里伸出的脑袋之后，发现就像奶奶和绘美说的那样，的确有一只鸟的嘴巴是黑色的，而且不知是不是心理作用，那只鸟的体形也更大一些。这样看来，那只鸟很可能是外部入侵者。可是让人不解的是，燕子父母回巢时，外来雏鸟同样啾啾叫着张开嘴索要食物，而燕子父母也毫不怀疑地把食物喂给他吃。

爸爸回家时已经是夜里八点了。吃晚饭的时候，大家一直在谈论这个话题。晚上无法确认那只可疑的雏鸟，所以这个谜题只能等明天早上解决了。

第二天清晨，全家人早早就起来了，比平时要早很多。燕子父母一大早就开始活动了，雏鸟们也都张着大嘴啾啾地叫着索要食物。

"右边第二只鸟果然很可疑啊！真是令人难以置信，看来的确是外面的雏鸟闯进来了。"

爸爸说完，"嗯"地沉吟了一声，陷入了沉思。

结果，就像奶奶最初感觉到的那样，嘴巴发黑的雏鸟是刚离巢不久的幼鸟，还不太会飞，偶然飞到了这个鸟巢，就钻进了窝里。于是，鸟窝变狭小了——也就是超载了，入侵者就把最弱小的雏鸟从窝里赶了出去，自己霸占了他的位置。

为什么燕子父母没有丝毫怀疑呢？难道他们分辨不出自己孩子的叫声吗？对于这个问题，爸爸是这样回答的：

"比如说企鹅，他们是许多对夫妻聚集在一起做窝的鸟类，一旦把自己的雏鸟和其他企鹅的雏鸟弄混了就麻

谁是坏家伙？——宽治的最后时刻

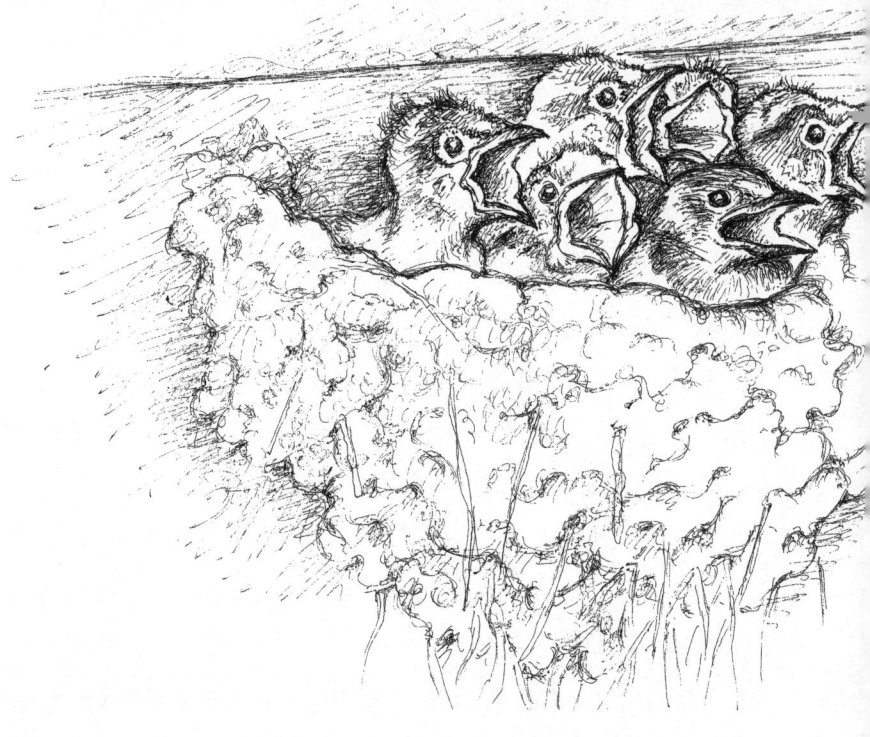

烦了，所以他们很清楚地记得自己孩子的叫声。可是，燕子却不一样。他们离开同伴独自筑巢，窝里的雏鸟一定是自己的孩子，所以他们没有必要分辨自己孩子的叫声。外部的雏鸟混进来的情形可以说十分罕见。"

盯上木下家雏燕的那只乌鸦，正是宽治。宽治和同年龄的雌乌鸦登子结成了夫妻，把家安在了新宿御苑，后来又在东京塔上做了窝。

东京塔坐电梯上去的展望台上部安装了照明灯。那上面有一个特别展望台，再上面有一处红色和白色圆圈缠绕的地方，宽治就把窝建在了这里。塔尖越往上越细，尖端上装有避雷针。宽治的窝距离地面大约

二百七十米，恐怕这是整个东京所有乌鸦窝里最高的鸟巢了。

宽治非常喜欢这里。电视塔的下面是茂密的森林，矗立着一棵棵高大的杉树和喜马拉雅雪松。被幽深的绿色包围在中间，总能够让宽治内心安宁。虽然一开始他也犹豫过要不要在这里筑巢，不过最终还是下定决心在那堆红白圈圈的上方做窝了。

从这里可以俯视整个东京。这座塔并没有建在高楼大厦中间，而是矗立在森林里，仿佛一棵大树。宽治很喜欢这种感觉。宽治喜欢闪闪发光的东西。令人炫目的强烈灯光从窝的下方照向整个夜空。坐落在光源上方的宽治的窝就像是建造在高天之上，这种感觉让宽治甚是得意。而且，不管是猫头鹰还是猫，或是其他任何天敌，谁都无法攻击这里，可以说把窝建在这里是绝对安全的。

窝建成以后，登子产下了卵，顺利孵化了雏鸟。雏鸟一共五只，宽治和登子整日忙着给他们喂食。令人头疼的是，最近垃圾处理得十分彻底，厨余垃圾都装进了塑料袋，食物不像以前那么好找了。

雏鸟的食量惊人。宽治和登子拼命地觅食，可是只靠厨余垃圾的话，食物常常不够。后来，宽治想到了一个好主意。他盯上了小鸟的卵和雏鸟。

这几年，东京小鸟的数量增加了。家鸽、麻雀和乌鸦是以前就常常光顾的鸟类，栗耳短脚鹎、日本山雀、金翅雀、灰椋鸟、山斑鸠等原本栖息在村庄和山里的鸟类，也开始在东京的中央地带落户了。他们在道路两旁的大树上或高楼上筑巢，繁衍后代。

宽治找不到可以作为食物的厨余垃圾，饿得肚子咕咕直叫。正当他焦躁难耐的时候，突然听见公寓阳台的盆栽花木上传来雏鸟的叫声。宽治降落在阳台的栏杆上，定睛一看，盆栽里一棵两米高的枫树上有一个栗耳短脚鹎的窝，窝里有几只雏鸟。看来这户人家的主人是个喜欢盆栽的人。阳台上放着许多盆栽和花架，简直是一片小小的森林。栗耳短脚鹎真是找到了一个筑巢的好地方。

宽治被雏鸟的叫声吸引着,朝他们靠近。雏鸟因为害怕而蜷缩在窝里,宽治用锋利的喙猛地啄起一只雏鸟,迅速飞走了。宽治从未吃过这么美味的食物,他再也无法忘记那种味道,从那以后他就专门袭击雏鸟了。

第二天,宽治又飞去了公寓,降落在阳台栏杆上。就在这时,一股水柱向他喷过来,他的身体仿佛要被刺穿了,强烈的水压把他喷飞了。

浑身湿透了的宽治好不容易才逃了出来,停在了电线杆上。阳台上出现了一个拿着胶皮管的女人,大吼道:"臭乌鸦!下次再来有你好看的!"

这家人对栗耳短脚鹎在自己阳台上做窝这件事特别开心,一直对他们十分呵护。可没想到一只雏鸟竟然被可恶的乌鸦吃掉了,所以这家人就等着乌鸦再次出现,准备好好教训他一顿。

小鸟的雏鸟虽然美味,但是想靠近也十分危险,因为他们的父母会拼死保护自己的孩子。宽治曾以为体形小巧的日本山雀应该没什么威胁,可是没想到他们的袋状鸟巢结实得很,就在他费劲折腾的时候,脑袋上遭到了猛烈的啄击,差点儿昏过去。他的后脑勺上被啄出了一个小洞,疼了好一阵子。

六月的一天,东京暂时告别了梅雨时节飘雨的天气,恢复了万里晴空,天空中飘着一朵朵卷毛云。在这一天，宽治外出觅食去了。

他在低空飞翔时，突然听见了"啾啾"的尖叫声——是燕子窝。

声音是从一户带庭院和菜园的两层木造房子里传出来的，宽治落在了那户人家的电线上。

一个成年人和两个孩子站在大门口，一边用手指着燕子窝一边在说着什么。他们应该是住在这里的人。

宽治在低空中飞翔，靠近这户人家。燕子父母发出了"啾啾"的警报声。雏鸟一听到这个声音，立刻把身体藏进了窝里。

"千万不能大意。燕子父母的警惕心很强，一不小心搞不好脑袋又会被啄了。"宽治十分谨慎，只是观察了一下情况，便飞走了。

雏鸟长到现在这个大小刚刚好，而且数量也不少。宽治决定袭击这里的雏鸟，从第二天开始，他时常飞来观察情况。他担心引起燕子父母的警惕，就远远地进行观察。他弄清楚了两个大人和两个孩子早晨都会出门，家里只有一个老奶奶留守。

宽治瞅准了一个四个人都出去、只有老奶奶独自在家的机会，飞到木下家前面的电线上，窥探情况。

巧的是，两只燕子父母都出去觅食了。就趁现在！宽治心想。可是就在这时，却发生了意外。不知从哪里突然飞来了一只迷路的燕子幼鸟。

幼鸟落在蜡梅树上稍稍休息了一会儿，便拼命扇动翅膀跌跌撞撞地飞进了屋檐下的燕子窝。雏燕们以为是爸爸妈妈回来了，争相伸出脑袋。幼鸟扒拉开雏燕，钻进了窝里。

窝里似乎陷入了一片混乱。突然闯进来一个入侵者，这肯定把雏鸟们吓坏了。他们似乎想把那家伙赶出去，宽治能看到鸟窝里在拥挤蠕动。

一只雏鸟被挤了出来，掉在了地上。宽治吓了一跳。但那并不是入侵的幼鸟。掉落的小家伙还不会飞，在地上扇动着翅膀挣扎着。

这时，大门一下打开了，老奶奶走了出来。

宽治立刻飞了起来，叼起在地上挣扎的雏鸟，很快飞远了。

宽治尝到了甜头，第二天下午又飞到了木下家。"糟了！"燕子窝被一层细细的铁丝网罩上了，只开了一个大小刚够燕子父母进出的洞。

宽治按兵不动，观察了一会儿情况，衔着食物的燕子父母巧妙地从那个小洞里进进出出。

宽治瞅准燕子父母离开的时候，紧紧扒住铁丝网，试着把嘴伸进洞里。果然，就像他当初预想的那样，洞太小了，他的嘴只能进去一半，看样子是不可能够到燕子窝了。

宽治仍然不死心，他落在门旁边的松树上，思考着怎样才能突破铁丝网。他对自己嘴巴的破坏力还是很有信心的。只要时间充足，应该能够啄开一个洞。到了下午，亲鸟的喂食次数就会减少，要是他磨蹭到亲鸟回来，一定会遭到攻击的。

宽治一边整理着羽毛，一边时不时地瞥两眼燕子窝，琢磨着打破铁丝网的办法。

亲鸟发现宽治正站在松树上，发出了警戒的叫声，雏鸟们连忙把脑袋缩回了巢里。亲鸟在窝四周待了一会儿，进行警戒，后来看到宽治开始悠闲地梳理羽毛，似乎稍微放心了些，雌鸟便出去觅食了。

就在这时，发生了一件意想不到的事。一只雏鸟从窝里爬出来了，扑在了铁丝网上。宽治不由得屏住呼吸，看他打算怎么办。

这时，幸江奶奶提着购物袋回来了。她推开院门，嘴里小声嘟囔着"紫阳花开得真好啊"，抬头看了看大门上的燕子窝。"哎呀！有一只雏燕掉出来了！可不得了！"

幸江奶奶注视着那只在铁丝网里挣扎的雏鸟。

"赶快返回窝里啊！我也帮不上你……"

"哎呀呀！糟糕了！要从洞里掉出来了！我得赶快抓住你！"

幸江奶奶慌神了，四下张望起来。"这里也没有网子啊！"她自言自语着向上望去，突然"啊"了一声，呆立在了原地。

一只乌鸦以迅猛的势头飞了过来，眨眼间叼起了雏鸟，头也不回地向着高空飞走了。

所有人都回家以后，木下家就开始议论这个话题。

"坏乌鸦！真是气人！竟然吃雏鸟，太残忍了！"绘美气鼓鼓地说道。雄太接着说：

"不过，幸好被叼走的是那只闯入者。看来别人家的窝住着还是不舒服啊，想要到其他地方去。"

"这是挤走雏燕、霸占别人位置的报应。"

"这么说，是乌鸦替我报仇了。可是，仔细想想也挺怪的。吃掉了被挤出去的雏燕的可恶乌鸦，却惩治了那个闯入者。那究竟谁是罪魁祸首呢？"

"嗯，这个问题有意思。我觉得是那只黑嘴巴的闯入者。"

"真是这样吗？"爸爸插话了，"闯进来的那只幼鸟，说不定也是被什么东西追赶到这里的。那个小家伙也是为了生存拼尽了全力啊，他一定是好不容易才找到这个窝，终于松了口气。那只被挤落的雏燕，我们并不清楚究竟是谁把他弄下来的，也有可能是他自己跳出去的。乌鸦固然可恶，可现在正是他们的繁殖期，说不定他有七个可爱的小宝宝呢。乌鸦的胃口特别大，所以需要很多食物来喂养孩子。"

"嗯。看来很难简单地说谁是坏蛋啊。"雄太陷入了沉思。

"动物世界和人类世界不一样,不能简单地断定谁是坏家伙,或者把某件事归罪于谁。不过那只乌鸦尝到了甜头,一定还会来吃雏燕的。咱们得把铁丝网好好加固一番。"爸爸说着,站起身来。

皇居护城河附近的M大楼前聚集了许多人。好奇心旺盛的宽治从空中窥视着那里,觉得一定是发生了什么有趣的事情。

混凝土建造的小池子里,斑嘴鸭母子正在惬意地游水。雏鸭共有九只,他们排成一列跟在母鸭的身后。"好可爱!""为什么会出现在这里?""搞不好会被猫抓去啊!"——围观的人群中不断发出种种感叹。宽治在人群上方盘旋着,思考着。"那些小鸭子看起来很可口。体形也大,很值得一吃。孩子们一定会高兴的。"

可是,怎样抓捕他们却是个难题。乌鸦无法像猛禽类的鹰或猫头鹰那样急速下降并用锐利的爪子抓起猎物。乌鸦的武器就只有喙,而且他也不能降落到水里。怎么办呢?好吧,先试试斑嘴鸭们的反应再说。

宽治从人群后方嗖地飞到水池上方,突然急速下降。这是他的拿手好戏。

遗憾的是,他没能用爪子抓住雏鸭。母鸭发出高声尖叫,雏鸭们纷纷逃向池子边缘。

"啊！是乌鸦！"人群骚动起来。宽治把吵嚷的人群甩在身后，全速逃离了现场，降落在大厦的窗户上。

这下他知道了雏鸭们的反应。池子边上有许多人，因此那里是雏鸭们最理想的避难所。人类是最可怕的动物，一旦雏鸭们逃去那里，宽治也束手无策。

斑嘴鸭妈妈目送乌鸦飞走后，朝雏鸭们叫了起来——现在安全了。快！聚到一起来！

人类虽然是抵御乌鸦攻击的强有力的保护墙，可是母鸭也知道人类是最危险的动物。有的人嘴里说着"可爱可爱"，下一秒就会伸手去抓小鸭子。因此她必须时刻提高警惕。

母鸭在最前面游着，小鸭子们跟在后面若无其事地嗖嗖地划着水。宽治看着斑嘴鸭母子，脑子里又开始琢磨了。人类可是狡猾的动物，说不定会像守护燕子窝远离乌鸦的袭击那样，把整个水池都罩上铁丝网。

宽治的脑海中突然浮现出一个想法。好！就这么干！得抓紧时间了。宽治朝自己在东京塔上的窝飞去。

过了一会儿，宽治带着登子一起飞到了水池这里。他独自无从下手，于是便找来了登子，用他们最擅长的联手行动来抓捕小鸭子。

池子四周照旧围满了人，七嘴八舌地说着聊着，开心地看着斑嘴鸭一家。宽治飞到鸭子的正上方，突然急速下降，朝鸭子队列猛冲过去。"啊！"随着人们的惊呼声响起，斑嘴鸭的雏鸭们一溜烟儿地朝池子边缘逃去——和预料的一样。

宽治全速上升，和登子一起落在了大厦的窗户边上。

宽治用嘴温柔地梳理着登子的羽毛，登子歪着头陷入了思考。宽治想要抓小鸭子——这个她大体明白了。之所以把她叫来，就是要她帮忙。斑嘴鸭的雏鸟看起来的确很可口，值得展开一次抓捕行动。登子张开大嘴，想起了等待爸爸妈妈归巢的五只嗷嗷待哺的小乌鸦。

想要抓捕在水池里游泳的小鸭子几乎是不可能的。该怎么办呢？用什么方法抓捕？刚才宽治的动作有什么深意？

抓捕雏鸭，必须在陆地上进行——也就是说，只有小鸭子待在池子边缘时才有机会。登子大致弄懂了宽治的作战方案。

两只乌鸦像两尊黑色雕像一般，在窗边一动不动地坐了一会儿。

到中午了，许多人像潮水一般从大厦里涌出来。现在是午休时间，人们都出来吃午饭，或是休息。水池四周被人群围了个水泄不通。

两只乌鸦猛地振翅飞向天空。他们低低地飞翔，来到池子上方。宽治飞到正在高高兴兴游泳的雏鸭们的上方，头朝下垂直扎了下去。

母鸭大叫起来，小鸭们连忙朝池子边缘逃去。

调整好姿势的宽治看到雏鸭抵达了水池边，突然冲进了把水池围得水泄不通的人群里。

一位中年妇女的前胸突然被乌鸦狠狠踢了一下，她大声惨叫着向后倒去。人群顿时陷入了混乱，像波浪一般向后退去。

宽治再次冲向最前面的大叔。人群猛地向后退去，露出了一片没有人的空地。

登子就像接到了暗号，立刻飞了过去，迅速朝池子边上的雏鸭的脑袋猛地啄了一口。雏鸭立刻瘫软了，登子叼起猎物，用力挥动翅膀，飞向了天空。

宽治和登子对于这次作战的大获成功十分满足，他们将大声呼喊的人群甩在身后，朝自己的窝飞去。在那里，孩子们正翘首以盼他们的归来。

快到东京塔时，宽治看见有一个黑影正在塔上方盘旋。"糟了，不好！"宽治心中一紧。一定是红隼！他曾经看见红隼袭击山斑鸠的窝，叼着雏鸟飞走了。

红隼是游隼的同类，是一种猛禽，一般在山崖或高大的树上筑巢，飞到草原或田地里捕食老鼠和小鸟。可是，自从小型鸟类在城市里定居以后，红隼也开始在城市里生存了。大城市有许多高楼大厦，非常适合代替山崖在上面筑巢。

"那家伙搞不好盯上我的孩子了。"想到这里，宽治更加用力地扇动起翅膀来。或许登子也是一样的想法，她也不甘示弱地使上全身的力气飞了起来。

距离窝大约四十米时，红隼突然急速下降，径直朝鸟窝冲去，就像一块褐色的石头垂直降落下来。

几乎就在宽治抵达鸟窝的同时，红隼从窝里起飞了。

这只小型猛禽的嘴里牢牢地叼着宽治可爱的乌鸦宝宝。宽治立即起身追了出去，可是红隼的上升飞翔能力要远远强过乌鸦，宽治根本追不上。眼看着红隼越飞越远，很快就变成了天空中的一个黑点，消失了。

就因为想吃斑嘴鸭的雏鸟，乌鸦父母倾巢出动了——这是最不该犯的错误。在这以前，宽治经常能看到红隼在空中高高地飞翔，一定是在寻找时机捕食乌鸦雏鸟。

第二天，宽治和登子尽量在附近觅食，而且每次出去必定留一只乌鸦守护鸟窝。

到了下午，西方的天空中果然出现了一个黄褐色的小点，迅速靠近过来——是昨天的红隼。

负责守卫鸟窝的宽治不由得紧张起来，关注着红隼的一举一动。红隼一定是昨天尝到了甜头，又来抓小乌鸦了。

红隼飞到东京塔上空，缓慢地画了一个圆，看来他正在仔细地判断这边的情况。

过了一会儿，红隼开始画着螺旋向下降落。他那黄褐色的羽毛闪着金光，长着黑色波浪状斑纹的漂亮的腹

部展露无遗。就在红隼即将转为急速下降的一瞬间，宽治突然起飞，勇敢地冲向红隼，对红隼展开了正面攻击。

激烈的搏斗开始了。两只鸟时而用脚踢，时而用嘴啄，使出浑身解数拼命战斗。红隼不愧是游隼的一种，身手矫健、闪躲灵活，而且善于使用锐利的喙，这些都是宽治望尘莫及的。宽治的腹部被红隼锋利的爪子撕裂了，血如泉涌。

宽治回到巢里，展开双翼盖在窝上面，保护雏鸟。

红隼降落在宽治的窝上，一口一口地啄着宽治，像是在享用一顿大餐，仿佛在说："滚开！你让开，让我叼走一只雏鸟。作为交换条件，我就放你一条活路。"

无论红隼怎么啄他，宽治都一动不动，只是拼命地保护着他的孩子们。

红隼不耐烦了，用锐利的喙狠狠地朝宽治背上啄了一口。就在那一刹那，宽治突然一跃而起，一口咬住了红隼的脚。

这只猛禽吃了一惊，连忙起飞。宽治用力咬住红隼的脚，仿佛在说："我死也不会松口！"

在地上的人群看来，一定以为是乌鸦和一只类似黑鸢的鸟被绳子绑在一起在天上飞。红隼终于承受不住宽治的重量，降落在树林里的一棵大樟树上。

宽治猛地拽了一下红隼的脚，两只鸟纠缠着翻滚到地上。

虽然红隼的脚被咬住了，可是他的喙仍然能够自由活动，因此总体来说还是红隼占据了有利地位。他把锋利的喙插进乌鸦那血流不止的腹部，撕扯起来。

　　当红隼快要把肠子扯出来的时候，宽治使出全身力气，朝红隼的脖子狠狠啄去。"吱——！"红隼大叫一声，双目圆睁，翅膀拼命拍打着大地。

　　宽治强忍着腹部的剧痛，拼尽全身力气狠狠咬住红隼的脖子，死也不松口。"咔吧！"是脖子断裂的声音。

　　宽治眼前一黑，意识渐渐模糊了。

猫眼石——印度的神秘

　　宽子的觅食点是银座,她喜欢热闹的街道。同样是热闹的街区,新宿和涩谷都太过喧嚣,总有一种危险的感觉。

　　曾经发生过这样一件事。宽子正停在路旁的一棵树上,三个头发染成棕色的少年就在树下聊天,突然,飞过来一枚十元硬币。那枚硬币撞在一旁的树枝上,叮咚一声落在了地上。宽子还没搞清楚发生了什么事,好几枚十元硬币接连不断地飞了过来。她连躲避的时间都没有,一枚硬币嘣地砸到了她身上。

　　宽子连忙飞走了,她身后传来那三个人的大笑声。

　　少年们打了个赌:谁要是用十元硬币砸中了乌鸦,就请大家吃牛肉盖饭;要是把乌鸦砸下树了,就去吃烤肉,而且是不限量的。宽子自然不知道他们的企图。从那以后，她再也不敢靠近棕色头发的少年了。

在银座，她感觉不到这种危险。这里虽然很奢华，却萦绕着沉静的氛围。就算停在路边的树上，也没有人看，所以能够放心在这里生活。

还有一个好处，就是食物丰盛而美味。这里有餐厅、咖啡馆、寿司店、荞麦面店等各种餐饮店，这些店扔掉的垃圾里有许多超级美味的东西，甚至有动都没动过的牛排扔出来。

而且，这里对宽子有着特殊的意义。银座是宽子充分发挥自己兴趣的绝佳场所。宽子特别喜欢亮晶晶的东西，只要是闪亮的东西，她都喜欢，已经收集了各种闪亮的东西。银座有时候会有珍珠、宝石这类极其璀璨闪亮的东西掉在路上。每当宽子发现它们，都高兴得不得了。

宽子每天都会做一件事——早晨飞出皇居森林，来到银座。银座的清晨静悄悄的，饮食相关的店铺通常都会营业到深夜，所以早上十点以前，这里基本没什么人。

宽子首先会去收集厨余垃圾的地方。装满了厨余垃圾的塑料袋，堆积得像小山一样。宽子凭借气味就能大体判断出袋子里装的是什么。

有十三只乌鸦常常光顾这个厨余垃圾场，他们分别飞到自己喜欢的垃圾袋上，啄开塑料袋，从里面扯出自己爱吃的食物享用。所有乌鸦都想快些吃上自己爱吃的东西，于是就呼啦啦一起扑到垃圾袋山上，同时发出

"嘎嘎嘎"的大叫声。这个时候店里的人大多还在睡觉，所以这里是乌鸦的天下。

宽子最爱吃的是寿司和蛋糕。她迅速找到了寿司店扔的垃圾袋，迫不及待地戳开袋子吃了起来。要是动作不够快，立刻就会被其他乌鸦发现，美食就被抢走了。

乌鸦群是有等级的。最强大的那只乌鸦，在眼睛上方长了一块白色斑点，有点像长着白眼圈的暗绿绣眼鸟。体形最小的宽子最弱小，排在第十三位。所以她总是时刻注意四周的情况，否则很难找到好吃的食物。

当大家一下子扑到厨余垃圾山上觅食时，宽子总是在稍远一些的地方观察情况。有时候如果她看得仔细，会意外地发现有好东西滚落到角落里。这时她便飞过去，偷偷地把食物吃掉。这就是宽子采取的策略。

宽子发现在厨余垃圾山的后面有一个白色的塑料袋子。一看到那个袋子，宽子的内心就涌起了小小的兴奋。白色的袋子上写着金色的字，那是银座有名的寿司店的名字。宽子当然不识字，她只是把寿司店的名字当作图案记了下来。其原理与人类记住交通标志的方法是一样的。比方说，镶有白边的红色圆圈里画一根白线——这个标志意味着禁止通行，宽子就是将寿司店的名字当作一个标志来记忆的。

宽子若无其事地悄悄向那个袋子靠近，她不小心和垃圾袋山顶上的白眼圈乌鸦对上了目光。白眼圈歪了歪头。"糟了。"宽子紧张起来,白眼圈一定是发现自己的行动有可疑之处。

宽子为了躲避白眼圈怀疑的目光,连忙啄起近处的塑料袋来。然后,她时不时地快速偷瞥一眼白眼圈。

白眼圈看了宽子一会儿,然后便开始找垃圾袋了。宽子又开始朝那个袋子旁装寿司的食品盒走去。

来到寿司盒跟前,宽子十分小心地看了看四周。这是宽子的习惯。只要有强者在附近,弱者的食物一定会被夺走——这种等级意识已经深深地刻在了她的心上。所有乌鸦都在享用自己的美食,一边吃着一边聊着,十分热闹。白眼圈似乎也发现了什么好东西,不停地啄着,身体有一半都隐藏起来了。

寿司盒用绳子捆得好好的,宽子灵活地用嘴啄着绳结。

当绳结终于变松的时候,宽子的胸口突然一紧。垃圾山的山顶上,白眼圈正在用怀疑的目光盯着她!

宽子慌慌张张地扯开绳结,打开了盒盖。令人垂涎欲滴的寿司整齐地排列着。肥硕的金枪鱼、海胆、盐渍鲑鱼子、比目鱼、鲷鱼……每一种寿司看上去都是那么美味,一定好吃到令人眩晕。

宽子啄起盐渍鲑鱼子寿司,向上一仰脖,吞了下去。这时,白眼圈从垃圾山顶拍着翅膀飞了下来。

宽子以最快的速度吞下了金枪鱼寿司,然后叼起了

比目鱼和海胆寿司。接着她用脚踢翻了寿司盒，用嘴把寿司弹飞了。她不想留下寿司被白眼圈抢走，那样她一定会很窝火，所以她就打算少留一些食物给白眼圈。

一小块绿色不明物体被踢到了空中。在清晨阳光的照耀下，它看起来像是一团湿润的绿豆馅儿。匆忙赶到的白眼圈漂亮地接住了那团在空中划了一道弧线掉下来的绿色物体。宽子抓住这一瞬间的空当，叼着海胆寿司飞走了。

"嘎——！"白眼圈发出令人匪夷所思的大叫声，啪地吐出那团绿色物体，发了疯似的用嘴一遍遍地敲击地面，而且还用脚抓挠自己的喉咙，一边"嘎嘎"叫着一边不停地呕吐。

宽子用脚踢飞的那团绿色东西是芥末。当然，宽子做这件事时并不知道芥末的功效，她只是碰巧踢飞了一团芥末。可这一举动却带来了意想不到的好结果。自那以后，白眼圈便对宽子有些敬而远之了。"不知道那家伙会干出什么事来。"白眼圈在内心对宽子有所戒备了。

宽子并不知道白眼圈吃了芥末，只是呆呆地看着他那副一边大叫一边呕吐的痛苦样子。可惜的是，她吃不上盒装寿司了。那些围观白眼圈痛苦挣扎的乌鸦发现了寿司盒，便一哄而上你争我抢地把寿司瓜分了。

盒装寿司骚动平息之后，宽子又回到了垃圾山。她饱餐了一顿之后，啄起一根鸡翅，飞到了大厦的屋顶上。那里竖着一块巨大的广告牌，广告牌底部堆着水泥板。其中有一块水泥板错位了，露出了一个小洞。这里便是宽子的秘密仓库，她把叼来的鸡翅塞进了那个洞里。

乌鸦有储藏食物的习性。宽子有八处仓库用来储存食物：大厦的凹陷处、屋檐下、灭火器后面、院子一角的土里等等。她平时并不缺食物，没必要特意储存食物。不过，在长时间的进化过程中，"自己的食物要靠自己来保障"的生存法则已经变成了一种世代遗传的习性。

填饱了肚子，宽子便开始享受在银座散步的时光了。宽子最大的爱好就是收集亮闪闪的东西。她低低地飞着，搜寻有没有好东西掉在地上。不知为什么，今天没什么收获。银杏树下有一个废纸篓，那里面应该能找到些玻璃碎片吧。

废纸篓里面都是些杂志啊废纸啊塑料饮料瓶什么的，没有宽子要找的东西。不死心的宽子仍旧往下啄去，嘴的动作突然变迟钝了。"糟了！该死！"宽子在心中暗暗骂道。她把嘴在铁丝篓上使劲蹭来蹭去。口香糖粘到嘴上了，这是最令人讨厌的事情之一。要是不小心吞进嘴里，那东西就会粘在上下嘴巴之间，很难弄下来。有一次，宽子硬是将口香糖咽了下去，结果险些把嗓子堵上了。

宽子费了九牛二虎之力，终于摆脱了口香糖。她停在铁丝篓的边缘上，稍稍休息了一会儿。行人越来越多了。着急上班的人们迈着匆匆的脚步走过，根本不看乌鸦一眼。

宽子眺望着来来往往的人流，这是她在早餐后的一项娱乐。男人倒无所谓，宽子注意的是女人。

宽子感兴趣的既不是女人的容貌也不是服装，而是她们戴在身上的装饰品——项链、耳坠、胸针，还有戒指和手链等等，那些五彩缤纷的美丽的玻璃珠和宝石、金银的小饰物，总之，就是亮闪闪的东西。

宽子特别想要那些东西，可是它们都佩戴在女人身上，她一点儿办法也没有。刚刚离巢那会儿，她曾经想要去抢一个年轻女人的胸针，结果倒了大霉。那是一枚由蓝、红、黄色的玻璃珠做成的胸针，宽子看了以后顿时兴奋得不得了。她对那枚胸针一见钟情，一心只想着得到它。其实那只是一枚彩色玻璃珠胸针，是在饰品店里买的便宜货，可是在宽子看来那就是用最高级的宝石做成的宝贝。

宽子不顾一切地扑向那个年轻女人的胸部。女人大叫起来，挥舞起手中的包想要赶走宽子。宽子当时刚刚离巢独居，还不明白人类是多么可怕，而且她毫无经验，也不知道这种时候该怎样防御。女人的包准确地砸中了宽子，她被拍到了地上。周围的人都被这件突然发生的事情惊呆了，等他们终于回过神来去帮那位年轻女人时，宽子已经抓住机会飞走了，勉强逃过了一劫。经历了这么危险的事情，宽子只能一直压抑着想要扑上去的冲动，远远地欣赏着往来行人身上亮晶晶的饰品。

　　八月，天很早就亮了。刚过四点，天空就透亮了。东京的夏天，白天会热得人浑身疲软，不过清晨的时候还是会吹来习习凉风，令人神清气爽。

　　白天，环绕皇居护城河的道路上车来车往，噪声很大。不过毕竟现在是大清早，几乎看不到什么车，皇居也被一片寂静所包围。宫里的人除了警卫都在睡觉，但森林里的乌鸦们早早就起来了，夜空刚刚泛白就蠢蠢欲动了。皇居森林这神圣而静穆的气氛被打破，渐渐喧闹起来了。

　　东方的天空中飘浮着长长的金色云彩，燃烧着金色火焰的太阳升起来了。被橡树和樟树茂密的树冠所覆盖的皇居森林里也射进了阳光之箭，在阴暗的森林中勾勒出一条闪亮的墨绿色缎带。

　　第一拨银座乌鸦起飞了。

　　宽子睡过了头，迷迷糊糊地站在枝头上。

　　一束阳光透过茂密的树叶照在宽子身上。她本来正惬意地放空自己，享受这凉爽的早晨，可是身体突然被烤热了，于是便挪到了上面的树枝上。这十天里一直没下雨，太阳非常毒。"看来今天又是个大热天啊！"宽子心想，得找个地方洗个凉水澡。

宽子加入了第二拨乌鸦群，飞向银座觅食点。

当她飞到厨余垃圾场上方时，感到了一种异样的氛围。要是在平时，乌鸦们会聚集在垃圾山上，忙着这里啄啄那里啄啄，或是四处走动。可今天早上，垃圾山周围只有两只乌鸦，其余的乌鸦都停在路边的大树和屋顶上。

宽子飞下来一看，立刻明白是怎么回事了。垃圾山上罩上了一层绿色的塑料网，乌鸦们无法像往常那样翻出食物享用了。

乌鸦军团每天早上都聚集在厨余垃圾场，大声吵嚷着啄破垃圾袋，将里面的垃圾撒得到处都是。这个网子就是用来防止这种事情发生的。

包括宽子在内的第二批的六只乌鸦困惑了好一会儿，不知该怎么办。他们试图啄破网子，把里面的东西抠出来。不管乌鸦的喙多么强大，也无法斩断结实的绳结。就算是把嘴插进直径三厘米的小网眼，最多也只能在垃圾袋上戳出一个小孔，里面的东西是无论如何也拿不出来的。

宽子绞尽脑汁试了又试，用各种方法啄来啄去，仍旧束手无策。她放弃了，飞到高楼的窗边休息。

同伴们也都放弃了，四散飞去别的地方了。宽子实在不忍心就这样眼睁睁地舍弃这座宝山，便一心琢磨着有没有什么好办法。

一个男人推着装满厨余垃圾袋的手推车出现了。他走到垃圾堆跟前，拉起垃圾网的下摆，从网子下面把垃圾袋塞了进去。

　　男人走了以后，宽子飞了过去。她用嘴咬住垂在地面上的垃圾网下摆，使劲拽了拽。可是，垃圾网只是贴着地面刺溜溜地被拉长了，宽子还是无法钻进去。

　　正当宽子将垃圾网摆弄来摆弄去的时候，又有人来倒垃圾了。她连忙逃走了，降落在大厦窗户的窗棂上，开始观察垃圾场的动静。

　　连续观察了三天，宽子渐渐弄清楚了这张网是怎么罩上去的。大量垃圾袋在夜里被扔出来，罩上垃圾网。所以，无论乌鸦们来得多么早，垃圾网也已经罩好了。然后，一大早前来扔垃圾的人再把垃圾塞到网里去。罩垃圾的网子特别大，用不了的部分就堆在地面上。

　　人类的手臂很长，能把多余的网子拉到身旁掀起来，将垃圾袋塞进去。可是，乌鸦的嘴很短，就算掀起了垃圾网，也够不着里面的垃圾袋。难道就没有什么办法能靠近垃圾袋吗？

　　宽子在垃圾山上空缓缓地盘旋。十几只乌鸦正在用嘴拽垃圾网，有的还从网子外面啄垃圾袋。

　　白眼圈从垃圾网的上方啄破了垃圾袋，里面塞满了天妇罗。白眼圈迅速叼起一块炸虾天妇罗，一口吞了下去，那样子看上去十分满足。

其他乌鸦看见了以后，呼啦一下子围了上来，你推我搡争先恐后地把嘴戳进天妇罗垃圾袋，就连气场强大的白眼圈也无法阻挡那股劲头。他只好捡起一块蔬菜天妇罗，挤了出去。

一个女人拎着垃圾袋走了过来。可是，当她看见垃圾山上有一群嘎嘎大叫的乌鸦时，吓得不敢靠前了。说不定乌鸦会朝她手中的垃圾袋发起进攻。女人小心翼翼地跑到垃圾山跟前，迅速抓起垃圾网，将垃圾袋塞进去，然后就一溜烟儿地跑了。

宽子在空中将这一切都看在了眼里，她的脑海中忽然闪现出一个想法。刚才的女人慌里慌张地把垃圾袋扔在了垃圾网的一角，于是袋子和垃圾网之间出现了一道缝。她完全可以从那道缝里钻进去。

宽子降落到了那里。乌鸦们正在垃圾山顶大声吵闹。"哼，谁都没发现。"宽子暗自得意，从缝隙钻进了网里。

一股肉香味儿扑面而来。宽子太幸运了。她戳了戳眼前的垃圾袋，袋子一下就破了，里面是吃剩的中国菜。宽子顿时忘记了一切，大口大口吃起猪肉和煮鸡蛋来。宽子特别喜欢吃中国菜。不过，她必须当心芥末团和大量使用辣椒的菜。她曾经吃过一道有豆腐和肉末的菜。因为豆腐和肉末都是她的最爱，她就啄了满满一大口吞了下去，结果她感觉自己要死了。那道菜里放了许多辣椒。那道菜是麻婆豆腐。宽子感到从喉咙到胃里都火烧似的疼，她不停地呕吐，都快要把胃吐出来了。人类真是奇怪的动物，为什么要吃这种火辣辣的食物呢？宽子百思不得其解。

宽子饱餐一顿后，悄悄地从洞里溜了出来，飞到了法国梧桐上。她沐浴着清晨的阳光，用嘴巴梳理着羽毛，有意无意地看着在垃圾袋上吵闹不休的同伴们。

第二天早上，宽子满心欢喜地认为"这下能够吃到许多好吃的东西了"，兴冲冲地飞到了银座。可惜，就像"守株待兔"这个成语告诉我们的一样，不劳而获的好事是无法持续的。宽子的想法太天真了。像昨天那种垃圾网被垃圾袋撑起一角露出一个小洞的情况，今天并没有出现。宽子用嘴撕扯了垃圾网好一会儿，仍旧束手无策。

就在她把网子东扯扯西拽拽的过程中，脑海中忽然闪现出一个好主意。只要把垃圾网的下摆搭在垃圾袋上就行了！

宽子费了一番力气，把垃圾网的下摆搭在了垃圾袋上。然后，她左扯一下右扯一下，弄出了一个通往垃圾山的洞。

宽子心下大喜，刚想钻进洞里，突然鬼使神差地往后看了一眼。只见两只同伴正用不可思议的眼神看着她。宽子刚才只顾埋头工作了，完全没有注意到他们的存在。这两只乌鸦，一个是短尾巴，一个是粗脖子，正在好奇地盯着宽子，看她在做什么。

"糟了。"宽子心想。可事到如今也没别的办法。她一闪身钻进洞里，向着垃圾山进发了。短尾巴和粗脖子也跟着钻了进去。他们一直在纳闷儿宽子为什么会有这么奇怪的举动，可是当他们看见宽子从垃圾网下面钻进垃圾山里时，顿时恍然大悟。

宽子本想把自己想出来的这个钻网方法当成独家的秘密，可没想到被乌鸦同伴发现了，独享美味的打算落空了。不过，宽子却也因此发现了独自无法做到的更好的办法。

只要宽子尝试着把网子掀到垃圾袋上，立刻就会有三四只乌鸦过来围观。一开始，他们只是在一旁观察宽子的举动，等宽子把网子顺利翻到垃圾袋上，前往垃圾山的通道被打通以后，他们便立刻跟在宽子身后钻进网里。乌鸦是何等聪明！这样的过程重复几次以后，他们就开始帮忙了。

最初，先是短尾巴来帮宽子。接着，粗脖子也开始叼起垃圾网的下摆，使劲往上抬，或是拽来拽去。然后，没过多久，几只乌鸦齐心协力把网子抬了起来，挂在垃圾袋上，终于打开了一个通道。那些一直在垃圾袋上吵吵嚷嚷、隔着网子啄破垃圾袋的乌鸦，也大都加入打开通道的工作中来了。

如果碰巧赶上两个垃圾袋中间有一块空地，把垃圾

网掀起来以后，就会形成一个可以自由出入的隧道。发现这个窍门的是短尾巴。于是，乌鸦们就不用非得钻进垃圾山里，而只要啄破垃圾袋，取出里面的食物，再从隧道里把食物拖出来享用就可以了。

可是这样一来，最吃亏的就是宽子了。隧道一建好，大家都争着往里钻，最弱小的宽子总是排在最后一个。像样的东西都被先进去的乌鸦抢光了，要是隧道特别窄，乌鸦们必须排好队一个一个进，有时要在外面等很长时间。因为长久等待而变得不耐烦的乌鸦还会把怒火发泄在弱小的宽子身上，围着她啄来啄去。

看来自己是死活都争不过他们了，宽子看清了这

个事实。因为她是最弱小的那个，就算是第一个冲进隧道，也一定会被随后进来的强者攻击，然后被赶出隧道。与其那样，倒不如每次都最后一个进去。

宽子不再参与建隧道的活儿了。就算她拼了命干，最后还是给别的乌鸦干活儿，太傻了。当其他乌鸦忙着建隧道，争抢食物的时候，宽子就在法国梧桐树上静静地等待。等同伴们都吃完了，她再钻进隧道，在没有任何干扰的情况下慢慢享用早餐。

一天早上，等所有乌鸦都吃完早饭，宽子像往常一样从垃圾网隧道钻进了垃圾山。

被十三只乌鸦劫掠过以后，好东西都没了。今天早上尤其如此，几乎没什么收获。宽子把脑袋扎进垃圾袋里，搜寻着食物。

宽子找啊找啊，不知不觉过了好久。她总算想办法填饱了肚子，想要出去时，却发现她已经钻进了垃圾山的最深处，找不到出去的路了。

她始终找不到出口。当她好不容易走到垃圾网的下摆时，却发现垃圾网罩得严严实实的，她根本走不出去。宽子慌了，用嘴啄起网子使劲拽，可是垃圾网的下摆只是松松垮垮地交叠在一起。宽子用尽全身力气想要冲破垃圾网。当然，仅凭宽子嘴巴的力量是绝对无法解开那些网眼的。

有脚步声传来，是人类！是来扔垃圾的吗？宽子赶紧藏到垃圾袋中间，一动不动地观察情况。

那个人走到垃圾山跟前，开始用棍子敲打垃圾袋。"咔咔沙沙、吱嘎、吱扭、吱扭"——各种声音传来。一定是那个人用棍子把垃圾袋捅破以后在里面乱搅的声音。"这家伙不是扔垃圾的，那究竟是什么人？他在干什么？"宽子躲在垃圾袋中间思考着。

糟糕的是，那个声音离宽子越来越近了。要是被他发现就糟了。宽子想要钻得再深一点，可是一个巨大的硬邦邦的袋子挡住了她的去路，她不能再往里走了。

宽子藏身的那个袋子开始被戳来戳去了。

"一点好东西都找不到！这年头经济真是不行啊！"

宽子能听到男人嘟嘟囔囔的声音，她恨不得把身体嵌入垃圾袋。

垃圾袋被捅破了，男人取出了某样东西，然后又去捅下一个垃圾袋。"得救了！"宽子在心中大喊，身体已经僵硬得不能动弹了。

"咦？这是什么？这不是乌鸦吗！"

男人嘟囔着，用手里的棍子戳了戳宽子。宽子本能地用嘴把棍子拨开了。

"哎呀！还活着！我还以为是个摆件儿呢。看来是真家伙！哈哈哈哈！"

男人似乎觉得很有趣，对宽子微笑着，有些调皮地拿棍子敲打垃圾袋，仿佛在说：快出来啊！

宽子见自己被发现了，已经吓得全身动弹不得。看到那个男人的一刹那，宽子顿时心中一惊。"完蛋了。偏偏被这么一个莫名其妙的家伙发现了！"宽子不由得向后退去，硬是把尾巴塞进了两个垃圾袋之间。

那个男人是一个流浪汉大叔。他常常坐在日式酒家"海波"大门前的一块青石上。酒家在夜里热闹非常，不过上午十点以前总是静悄悄的。这位大叔常常在行人稀少的大门前一边晒太阳一边读书，他曾经有过一起令宽子无法忘记的事。

那是一个春天的早上，大叔正在一边晒太阳一边吃早饭。令人不可思议的是，大叔的早餐总是非常奢侈。大多数时候都是生鱼片和天妇罗，然后是章鱼和黄瓜的醋拌凉菜、蔬菜拼盘等等，每一种食物都是令人垂涎欲滴的美味。其实这也不奇怪，这些美食都是"海波"的剩饭剩菜。大叔几乎每天都能免费吃上高级酒家的怀石料理。

那天早上，他吃得尤其奢华，有生鱼片、烤方头鱼、醋拌海参和盐渍海参等等，足足有两盘。

宽子站在院墙上，看着大叔吃早餐。金枪鱼的生鱼片太诱人了，不知能不能想个办法把它偷过来？

宽子落在大叔身后，悄无声息地走上前去。

大叔吃了口海参，喝了口小塑料瓶里的液体。一股从未闻到过的气味刺激着宽子的鼻腔。她原以为那是水，没想到是酒。应该是特别高级的酒吧，只要闻一闻那香味十足的精酿酒的酒香，整个人仿佛就要醉了。

大叔一小口一小口地喂着酒，满脸陶醉地望着天空。宽子趁机猛冲过去，一口叼起金枪鱼生鱼片，呼地一下飞上了天空。

"该死！臭乌鸦！本来打算慢慢享用我的金枪鱼的，竟然被你偷走了！下次让我看见的话，决不轻饶！"宽子身后传来大叔不依不饶的吼叫声。

现在，站在宽子面前的这个流浪汉，就是那位大叔。宽子的脸抽搐着，浑身上下的血液因为恐惧都凝固了。

不管这个人有没有认出宽子就是那只偷金枪鱼的乌鸦，他现在很显然是想抓住宽子。

宽子挣扎着想要飞出去，可是立刻就被网子压住了。大叔抓乌鸦的手法很娴熟，先是用绳子绑住了宽子的两只脚，然后将宽子的双翅紧贴在她的身体上，用绳子一圈一圈地捆住，这才用两只手把她从网里拿了出来。

出网的一瞬间，宽子朝大叔的左手使劲啄了一口。"疼死了！"大叔大叫一声，把宽子扔在了地上。

宽子想要逃走，可是身体和双脚都被绑得牢牢的，一动也不能动。她用嘴啄着缠在身上的绳子，想要解开它。

大叔的手流血了。"嗯，这家伙还挺厉害。"大叔嘟囔着，用手帕包住了伤口。

完了，宽子心想，大叔一定会气得暴跳如雷，然后用棍子把她打死。逃走的希望是零。宽子放弃了，不再挣扎，乖乖地一动不动。

奇怪的是，大叔解开了宽子脚上的绳子。宽子立刻站起来，嗒嗒嗒跑了几步想要逃跑。可是她太心急了，绊了一跤，朝前摔在了地上。

"傻瓜，这样你是逃不掉的。翅膀还捆着呢！"

大叔笑着走过来，抓住了宽子，准备解开绑在她身上的绳子。

宽子知道逃也没用，便老老实实地任大叔摆布。

大叔解开了宽子身上的绳子，把她放回地上。宽子被这突如其来的好事惊呆了，一时间杵在了原地。

"喂，赶快跑啊！"大叔边说边用棍子推了她一下。宽子像是得到了信号似的，张开翅膀飞向了天空。

她一边飞着，一边觉得太难以置信了。本以为这次肯定没命了，或者至少会折断一根翅膀，可大叔竟然什么都没对她做就把她给放了！

这件事之后又过了三天，大叔仍然像往常一样坐在青石上吃早餐。宽子落在了大叔的身旁，一种说不清的亲切感让她做出了这番举动。

神奇的是，她并不觉得害怕。大叔偷偷瞄了宽子一眼，露出了微笑。宽子点点头——早上好啊，大叔！

今天的早饭和平时不太一样，走的是时髦路线。是西餐——三明治、里脊火腿和蔬菜沙拉，大叔喝的是罐装咖啡。宽子嗅到了那种咖啡独有的味道。宽子不喜欢咖啡。垃圾山里扔着各种各样的饮料罐，宽子会去喝里面剩下的东西，她最不喜欢啤酒和清酒，喜欢喝甜甜的果汁类饮料。

大叔把一块里脊火腿塞进嘴里。吃得好香啊！宽子不由自主地噌噌往前蹦了几步。可是，脑海中立刻响起一个声音：不能偷！宽子停下脚步把脑袋扭到一边。如果一直看着大叔，她一定会按捺不住，不顾一切地冲向里脊火腿。她可不想做出这种蠢事。

"啪。"一个东西落在了她面前。宽子一看，忍不住叫出了声——啊！里脊火腿！

宽子条件反射似的看向大叔。大叔"噗噗"地轻声笑着，拿起一块里脊火腿塞进了嘴里。宽子也仿佛被感染了似的，一口啄起了面前的里脊火腿。

从这天起，宽子和大叔成了好朋友。宽子每天早上都要飞来大叔这里。渐渐地，大叔每天享用豪华早餐的谜终于解开了。每天早晨为他准备早餐的是"海波"酒家的帮厨女佣，那个姑娘在店里工作并住在店里。每次她都会把早餐准备好，放在大门旁边的小小庭院的松树下。

宽子在厨余垃圾场遇见大叔的那一天，女孩不巧感冒了，在卧床养病。大叔找不到好吃的，于是就跑来觅食了。

宽子并不知道，大叔和女孩之间有着无法切断的亲密关系。大叔叫"山川善也"，同伴们都叫他"阿善"。

阿善出生的地方，就是这块青石所在之地。二战前，他的父母在这里开了一家小餐馆。阿善的少年时代正赶上太平洋战争打得最激烈的时候，阿善在十七岁时被征为少年航空兵，参了军。他本已做好了牺牲的准备，可是日本战败了，阿善的任务也被解除了，他回到了银座的家中。

迎接阿善的是战败后一片凄惨景象的东京。美军的猛烈空袭烧毁了大部分房屋，放眼望去，一片废墟，满目疮痍。

阿善茫然地伫立在废墟中间。父母去哪里了？他一无所知。或许在乡下亲戚那里吧——只有这一丝渺茫的希望宽慰着他的悲伤。

在无边无际的被烧毁的楼房残骸和瓦砾堆成的废墟中，阿善总算找到了那块青石。那里曾是阿善的家。仅仅是确认了这一点，阿善心下便宽慰了不少。

阿善拼命寻找父母的下落，最后得到的结果是：失踪——也就是说，也许烧死后被处理掉了，连块墓碑也没有。

阿善去了关西，成了公司职员，结了婚。他在大阪郊外的住宅区建了一座小小的房子，生了一个男孩，过上了幸福的生活。可是，上天无情，他最爱的孩子在小学六年级的时候因为交通事故死去了。祸不单行，他的妻子京子也在三年前去世了。为了支付手术费等医疗费用，阿善倾尽了全部财产。最后，他再也没有力量重新站起来，便成了流浪汉。

阿善回到了东京，坐在以前自己家的青石上，怀念往昔。唯有这一刻，能让他的心灵得到慰藉和放松。他不想再回关西了。只要待在那里，他就会一刻不停地想：我的孩子和妻子，我是那么爱他们，可上天为什么一定要从我身边把他们夺走呢？

　　阿善常常坐在青石上，回想过去那些令人怀念的好时光。少年时代，他在慈祥的父母膝下茁壮成长，在银座的小巷里快乐地奔跑。青石总会向他讲述那个曾是顽皮少年的自己的许多故事。而且，不知从何时起，他和在"海波"酒家工作的女孩井原琴理成了好朋友。

　　井原琴理是个快活的十七岁少女。她像小鸟一样活泼，她那清脆爽朗的声音仿佛小鸟婉转的啼叫声一般惬意。于是阿善便管她叫"小鸟阿琴"。

　　阿琴也是个苦命的姑娘。五岁时母亲去世，父亲在她小学三年级的时候再婚了。她的继母有一个四岁的女儿，名叫久美。久美上小学以后便开始欺负琴理。琴理的学习成绩很优秀，可是久美却成绩平平。于是母亲千枝子便总是训斥久美，督促她努力学习，与此同时对待琴理却又十分刻薄。

　　琴理上中学以后，千枝子和久美对她的刁难开始变本加厉，有时会体罚她，甚至不让她吃饱饭。

　　琴理再也无法忍受，高一上到一半便中途退学，离家出走了。她觉得再这样下去，自己只会越来越糟、自暴自弃，还不如凭借自己的力量努力生活下去。

　　于是，琴理从茨城乡下来到了东京，找到了在"海波"酒家当帮厨女佣的工作。而且，不知从何时起，她和流浪汉大叔成了好朋友。

宽子每天早上都会飞去坐在青石上的大叔那里。大叔总是有许多好吃的，宽子十分满足。而且，不知不觉中，她也和阿琴成了好朋友。阿琴是个心地善良的姑娘，经常给宽子准备她最爱吃的凉拌章鱼段和牛排。

来这里不仅能吃到许多美味，还不用去跟垃圾山的同伴争抢食物，也不必担心被网子罩住，宽子心里特别高兴。要是赶上下雨天，青石上看不到大叔的身影，宽子的心里就会空落落的，十分寂寞。不过让她感激的是，阿琴一般都会在雨淋不着的地方事先藏好美食。

宽子不用再辛苦觅食，便多了许多玩耍的时间。她开始集中精力去收集那些闪闪发光的东西。她有五个地方存放闪光物体，收集来的东西可谓五花八门。既有啤酒瓶的玻璃碎片、酒瓶盖、衣架、黄铜钉子、剃须刀的刀片等这些破烂儿，也有高级珍珠、宝石、手表，还有钻石戒指、祖母绿和红宝石的挂坠、珍珠耳环、卡地亚手表等等，总共收集了价值超过一千万日元的宝贝。现在宽子可是大富婆了。

银座是个有趣的地方。只要仔细搜寻，就会在一些莫名其妙的地方捡到宝石。银座有许多高级珠宝店，去那里的人大都是有钱人。路上的行人也都打扮得气派时髦，有的人会一不小心弄丢耳环或挂坠。

收获颇多的地方是高级餐厅、日式酒家和夜店。喝醉的客人、夜店的老板娘和陪酒女等经常掉东西。只要用心找一找脏水沟盖的缝隙、道路的角落或是垃圾箱后面，常常会有意外发现。宽子的第六感十分敏锐，特别擅长发现那些闪光物。

十一月初的时候，十分罕见地下霜了。这是一个寒冷的早上。宽子被冻醒了，打了个激灵，静静地等待体温回升，这样才能飞到银座去"上班"。

阳光照进了森林。宽子振翅起飞，绕着皇居巡视了一周。

她看见草丛里有一个东西闪了一下，不是露珠，宽子的本能告诉她有戏——一定是闪光物。

宽子降落在草丛里，靠近一看，果然如她所料，是一块闪闪发光的石头。

这是一块她从未见过的玉石。宽子十分谨慎，没有立刻叼起来，而是远远地端详了一会儿。那的确是块上等的宝石，它的颜色特别神奇。宽子收集的宝石，有的是像血一样的红色，有的是像天空一样清澈的蓝色，还有无色透明的、黄色的等等，可落在草丛里的这块石头是透明的茶色，而且那块石头周围镶嵌了十几颗亮闪闪的小钻石。

那块石头散发着不可思议的妖艳的魅力。宽子觉得自己快要被它吸进去了，情不自禁地朝它走去，不过她立刻感到了某种危险，连忙停住了脚步。是茶色宝石中间的那道闪烁的光芒让她失控的。

这块石头很像猫的眼睛。当阳光强烈，猫眯起眼睛的时候，瞳孔会缩成一道缝。这块石头就是那个样子。宽子联想到了她最讨厌的猫，有些犹豫要不要捡起来。

可是，她没能战胜那股妖艳魅惑的力量，战战兢兢地啄起了石头。宽子突然打了个激灵，左右晃了下脑袋，把石头扔出去了。发光的石头扎进草丛里不见了。宽子走上前去，又把石头捡了起来。宽子很想得到它，可是啄在嘴里时总觉得是叼着一颗猫眼睛，吓得她连忙丢掉了。这个过程重复了几次之后，宽子终于下定决心，要把这个罕见的发光石头藏在大厦楼顶的秘密仓库里，于是她叼起宝石起飞了。

第二天一早，宽子迫不及待地飞向她的秘密仓库。不知为什么，她很中意那块猫眼形状的发光石。

掀开盖在上面的布，宽子不由得心中一惊，僵在了原地。一只猫正卧在那堆玉石混杂的玻璃珠、玻璃项链、钻石、蓝宝石等宝石里，直直地盯着宽子——一瞬间，宽子竟然产生了这样的错觉。

宽子默默地往前走了几步，叼起那颗像猫眼一样的发光石，扔到了外面。宽子很生气，她用喙咣咣地啄了两三下那块石头。

宽子衔起那块像猫眼睛的石头，飞上了天空，想把它扔掉。她一边飞一边想着该扔到哪里，突然一阵饥饿感袭来。"对了，今天还没吃早饭呢，就去大叔那里吧。"宽子像往常一样飞去找大叔了。

阿善正坐在青石上，吃着干烧鲷鱼，喝着瓶装啤酒。宽子落在他身边，他扔给宽子一块生鱼片。

宽子凑到大叔跟前，把嘴里叼着的茶色发光石放了下来。

阿善拿起那块石头，放在手掌里仔细端详起来。早晨的阳光照在石头上，钻石闪闪发光，淡茶色的宝石中间清晰地浮现出一道银色的条形纹样。

"这不是猫眼石吗？这四周的石头应该是钻石吧！如果是真东西，那可值钱了！"阿善嘟囔着，仿佛着了迷似的凝视着猫眼石。

宽子大口大口地吃着大叔给她的生鱼片和天妇罗，非常满足。

"这是宽子的东西。虽然有些舍不得，不过还是还给你吧。是你捡来的吧？应该不是真的吧。"阿善仍在自言自语，把那块茶色的石头扔到宽子面前。

宽子连忙向后退去，像是在躲避什么可怕的东西，然后用嘴巴把那块石头弹了出去。发光的石头滚落到阿善的脚下。宽子"嘎"地叫了一声，飞上了天空。

"是把这块石头给我了吗？那我就收下了。谢谢！"

阿善对着天空说道。然后他再次把石头捡起来，拿在手里一遍遍地端详。

"嗯，是个好东西。虽然我不太懂，不过这东西有一种吸引人心灵的美。可能是真的猫眼石吧，可是又不能拿去鉴定。我是个流浪汉，按照惯例，他们一定会质问我是从哪里偷来的，严厉盘问一番，然后把我送去看守所。"阿善一边苦笑一边喃喃自语。

"嗯？我想到了一个好主意。我拿着也没用，不如送给阿琴吧。那孩子戴上一定很漂亮。"

阿善松了口气，脸上绽开了笑容。

又过了一周。这是一个寒冷的早晨。宽子像往常一样飞去找大叔，可是发现阿善孤零零地坐在青石上，旁边却没有早餐。

"对不起啊，宽子。今天早上没饭吃。早饭没摆出来。可能是阿琴给我食物这件事被老板娘发现了，被骂了。或者是，阿琴的身体不舒服，现在正流行感冒呢。"

阿善有些难为情地对宽子说道。宽子当然听不懂他在说什么，不过有一件事她是知道的：食物没了。原因不清楚。宽子围着阿善转悠了一会儿，终于放弃了，"嘎"地叫了一声，飞走了。

阿善铁青着一张脸，呆呆地坐在青石上。阿琴一定

猫眼石——印度的神秘

是出事了。他听同伴说，昨天傍晚来了三个警察，把阿琴带走了。那个孩子绝对不会做那些偷窃恫吓的事情，她绝对不可能和犯罪扯上半点关系。到底发生了什么事？是有人栽赃陷害吗？他一定要查明真相，还阿琴一个清白。阿善暗暗下定了决心。

一个帮工女仆来上班了，阿善便过去询问阿琴究竟出了什么事。那个女人一脸为难的神情，只说了一句："她被警察带走了。不过，我什么也不知道。"说完便匆匆忙忙地进去了。

酒家里传来大喊大叫的声音，是老板娘歇斯底里的叫喊声。

"天哪！那个男人竟然还在！真头疼，简直就像是看门人一样坐在大门口不走。没见过这么厚脸皮的。琴理那件事搞不好就和他有关！传次，泼他一盆水，把他给我赶走！"

"是！"话音刚落，只见一个头上缠着手巾的男人拎着一桶水出来了，猛地把水泼到了阿善身上。

"给我听好了！不许再来了！再来我还泼水！赶快给我消失！"传次狠狠地骂道。

阿善打了个哆嗦，浑身湿漉漉地逃走了。

第二天，当阿善翻开报纸，不由得瞪大了眼睛。映入眼帘的是一行大字标题——"比利时公主的宝石失而复得"，下面写着，犯罪嫌疑人是高级酒家的年轻女佣。丢失的猫眼宝石是在印度发现的被称为"印度的神秘"的名贵宝石。由于这块宝石是公主母亲传给她的挂坠，因此公主一直十分用心地珍藏着。可不知道她在哪里把它弄丢了，于是警察局便一直在秘密寻找。

那个女孩说她是在路边捡到的，可既然是捡到的，自然要交给警察。况且她也说不清楚是在哪里捡到的，现在警察正在详细调查宝石是如何到她手上的。

阿善看完那则新闻，脸色苍白。是他不好，他以为乌鸦给他的宝石拿着也没什么用，挺适合阿琴的，就给她了。他不该那么做。可是，那竟然是真品！如果是玻璃制的，光照上去呈现出来的光芒是不一样的，尤其是石头中心那道银白色的光条，散发着神秘的光芒，让人怎么看也看不厌。而且，随着光线的变化，它的形状和色调也在改变，如果是玻璃珠的话应该不会有那个效果——极有可能是真品。阿善的确想过这有可能是某种有名的猫眼石。可是，他绝对想不到这竟然是比利时公主的宝物！

不过，现在他最担心的是琴理。以那个孩子的性格，打死她也不会说那个东西是阿善送给她的。现在最要紧的就是让事实大白于天下。他要去跟警察说，犯罪嫌疑人就是他。阿善下定了决心，便去警察局了。

阿善到了警察局，说他知道谁是偷窃比利时公主宝石挂坠的人，警察局一下子炸开了锅，立刻开始审问他。

"那个挂坠是我送给琴理的。她好像说是捡到的，可事实并非如此，她这么说是为了保护我。的确是我送给她的，千真万确。"阿善斩钉截铁地说道。

"嗯。要是这样的话，你为什么要把那么昂贵的东西送给酒家的女佣呢？你是流浪汉吧？只要把宝石卖掉，就会有一大笔钱入手了啊，就能一下子摆脱流浪汉这种凄惨的境地了啊。我最不明白的就是这点了。"

审问的警察用怀疑的语气说道。

"我从没想到那块石头竟然是那么名贵的宝石。因为它的光芒非同寻常，所以我也曾想过应该不是玻璃珠。可是，即便是真的宝石，我也不会去宝石店卖掉的。我从没打算回归红尘，我是一个弃世之人。"

阿善这样说着，嘴角浮现出安详的微笑，对警察讲述了自己的身世和他与琴理的关系。

"虽然还有一些难以置信的地方，不过我们暂时接受你把挂坠送给女孩这个说法。可是，问题是，你是怎么得到那个挂坠的？关于这一点，你有什么说法？"

警察听了阿善的讲述，态度稍稍柔和了些，不过仍旧用犀利的眼神盯着阿善，问出了这个问题。

"是我捡的。"

"这可不算什么回答。你必须说清楚你是在哪里、在什么时候、在何种状况下捡到的?"

阿善于是详细地讲述了他是在银座的哪里,在什么时候捡到的。

"浑蛋!你是在撒谎,我决不轻饶!"警察真的生气了。

"公主殿下从没去过银座!所以,东西不可能是在银座掉的。一定是什么人给你的吧?把那家伙的名字说出来!到底是谁!"

警察与先前温和的态度时判若两人,脸上的神情十分恐怖,恶狠狠地盯着阿善。

"您说得没错。那东西不是捡的,是朋友给的。我搞到了海波的高级白兰地,虽然是喝了五分之一的剩下的酒,不过我还是拿它换了那个挂坠。因为阿琴平时总是给我弄好吃的,我就想把这个作为礼物答谢她的好意。"

"你的那个同伴,是谁?名字?"

"我不能说。我不会背叛朋友。"

几个回合的质问下来,阿善无论怎样都不肯说出那个人的名字。审讯的警官下了最后通牒。

"这可是个大事件。你可能觉得这只是一块宝石,可是对日本和比利时来说却是能够左右两国友好关系的大问题。既然你不愿意说出名字,那我们就把银座所有的流浪汉都审问一遍。如果还是找不出那个人,那就去问银座周围的流浪汉。如果到时候还是找不出犯罪嫌疑人，那么就只能认定是你和井原了。听明白了吗？今天的审讯就到这里。明天我还会来问你，好好想想吧。"

阿善想了一会儿，突然打破了沉默，十分干脆地说道：

"明白了，那我说真话，我会告诉你们是谁把宝石给了我。"

审讯的警察板起了脸，向前探出身子。

"究竟是谁？叫什么名字？"

"乌鸦，是银座的乌鸦。"

阿善爽快地答道。

警察一时间愕然了，然后脸变得通红，露出像门神一样愤怒可怕的表情，猛地用拳头砸在桌子上，仿佛要把桌子砸裂了。

"你以为我傻吗？乌鸦给你的？撒谎也得有个限度。再胡说看我怎么收拾你！说真话！真话！"

"我说的就是真话，真的是乌鸦叼来的。"

阿善用冷静的语气答道，态度十分镇定。

警察沉默了一会儿，狠狠瞪着阿善。他的手在微微颤抖，看来是在拼命克制自己想要揍阿善的冲动。

"我自从出生以来，从未对人说过谎。是您让我说实话的，我也只不过是说了实话而已。"

阿善耐心地解释着，嘴角不经意间浮现出一丝微笑。

警官的怒气似乎平息了一些，自言自语道：

"既然是这样，你为什么不早说？如果真是乌鸦干的，岂不是不用给任何人添麻烦了？"

"不，有麻烦的是乌鸦。如果真的是乌鸦拿走了猫眼石挂坠，你们一定会呼吁立刻杀掉那些坏乌鸦，恐怕会开始清除乌鸦的行动吧。所以我不想说是乌鸦拿走了那东西。"

"我不太明白你的意思。难道你能跟乌鸦对话？要是能证明这一点，你的话倒是多少可信些。"

"我无法和她交谈。可是我们的心意是相通的。"

"心意相通……？我连你心里想的是什么都不知道。真是个奇怪的家伙。"

"有一种世界，只有流浪汉才能理解。不过话说回来，流浪汉里有各种各样的人，可是并没有恶人。愤世嫉俗的人、拒绝劳动的人、无法相信人的人，虽然都是些在正统社会里过不下去的人，可是并没有恶人。"

阿善喃喃自语道。"能给我一根烟吗？"他脸上露出了自嘲的微笑。

"虽然我不太能理解你们的那个世界，不过，抽一根吧！"

警官掏出一根喜力烟，拿出打火机点着了，阿善很享受地深深地吸了一口。

"过瘾。对了，这下你们应该明白犯罪嫌疑人——不对，挂坠的持有者是我了吧，阿琴其实是受害者。请你们赶快把她放了吧！太可怜了。那姑娘现在只能吃着难吃得要死的局子里的饭，一定已经冻得瑟瑟发抖了！局子里的饭对我来说也已经是豪华大餐了，我也早已习惯了寒冷。总之，她是无辜的。你们先放了她，然后再继续审讯我，一直审到你们满意为止。我这里还有好多银座乌鸦的故事可以讲给你们听呢。"

"嗯。我彻底被你搞糊涂了。你可别拿些梦话来糊弄我……"

"流浪汉的梦可是个好东西，那是有家的人无法理解的梦幻国度。在那里，人、乌鸦和老鼠都是同一个世界的居民。阿琴只不过是那里的一只小鸟……"

"混账！"

警察突然大吼一声。

"别得意忘形了！想要做梦的话就到局子里做去吧！今天的审讯到此结束。明天我会再来审问你，今天晚上你给我好好想想。再说梦话什么的可过不了关了，听明白了吗？"

阿善被人带去了拘留所。

据报纸和电视报道，比利时公主的"印度的神秘"顺利找回来了。宝物重新回到公主手中固然是好事，可为什么"海波"酒家的帮厨女佣会有那块宝石？宝石是如何到她手上的？关于这些疑问，人们仍旧是一无所知。后来出现了一个流浪汉，自称是自己把宝石挂坠送给了女孩，可是女孩却坚称自己不认识那个人。更可笑的是，流浪汉山川善也（七十六岁）一直宣称是从银座的乌鸦那里得到了那块挂坠，把警察弄得如堕五里雾中。谜题似乎越来越复杂了。看来这颗宝石被称为"印度的神秘"果然名不虚传，就连与它相关的事件也蒙上了一层神秘的色彩。媒体也是争相报道，好不热闹。

　　乌鸦宽子自然不会知道，她把那颗无论怎样都喜欢不起来的长着猫眼的发光石扔到大叔跟前这件事，竟然会在人类世界中引起轩然大波。那种事情对宽子来说本就是无所谓的，而令她犯愁的是，自己喜欢的流浪汉大叔和帮厨女孩突然都消失不见了。如此一来，她再也吃不上美味的早餐了，只能像从前那样和同伴争抢食物，在厨余垃圾场四周徘徊。

　　宽子有时会停在"海波"酒家的屋顶上，等待大叔的出现。她还会在大叔最爱坐的那块青石上坐一会儿，然后"嘎"地叫一声，飞向天空。

黑熊兄妹的复仇

这个秋天,山毛榉结了好多果实,山葡萄等其他野果的果实也十分丰盛,整座大山迎来了一个大丰收的金秋。

山毛榉树洞

　　山毛榉大树的树尖上零星挂着几片枯叶,一阵狂风吹过,叶子被吹了下来,打着旋儿飞舞了几圈,很快变成了金色的小点儿,飞向高高的天空。

　　山毛榉树下,一只年轻的母熊正呆呆地望着天空。突然,她打了个哆嗦,吹走叶子的狂风让她感到了刺骨的寒意。

　　硕果累累的秋天就要过去了,寒冷彻骨的冬天即将来临。

　　昨天降下了第一场雪。雪花沙沙地飘落,为地上堆积的落叶盖上了一床寒冬的棉被。

　　连续几天的阴霾天气过去了,今天早上太阳终于露出了脸。初雪在地上积了薄薄的一层,阳光照射到的地方积雪已经消失了,不过在树根和岩石背面这些晒不到阳光的地方，仍然还有积雪。

刚才打哆嗦的年轻母熊正慌慌张张地用两只前爪收集树叶，仿佛有什么东西在催促她一般。

那棵高大的山毛榉树上，在距离树根约一米高的地方，有一个树洞。母熊将抱着的树叶都扔进了那个洞里。

"呼咿——""噢啊——"远处传来圆润轻柔的叫声，是日本猕猴的群落在一边相互应和一边前进。翻越那座山峰后有一处山谷，那里还有许多山葡萄，他们一定是结伴去吃山葡萄了。

母熊暂时停下了手中的活儿，竖起耳朵听了一会儿，不过很快又开始忙着将枯叶放进洞里。

树洞的底部，已经堆积了五厘米厚的枯叶。年轻的母熊有时会停下来休息一会儿，用迷离的眼神看着天空，然后又忧心忡忡地盯着阴暗的洞穴看一会儿。

年轻母熊的心中充满了喜悦。食物充足的秋天即将过去，被大雪掩埋的寒冬即将来临，可是她的心里却感到了丝丝温暖，这是为什么呢？

年轻母熊怀孕了。今年二月，她五岁了。这是她第一次怀孕。肚子里孕育的小生命温暖着年轻母熊的心。

黑熊怀孕的年龄，比较早一些的是三岁，一般是四岁。这只母熊直到五岁才第一次怀孕，是有原因的。这个秋天，山毛榉结了好多果实，山葡萄等其他野果的果实也十分丰盛，整座大山迎来了一个大丰收的金秋。猴子、松鼠和羚羊等山里的动物们也特别高兴，每天都吃得饱饱的，那些丰盛的食物仿佛怎么吃也吃不完，所有动物都沉浸在莫大的幸福中。

年轻母熊三岁那年，是一个歉收之年，山毛榉树几乎没结果子。没有山毛榉果实也不打紧，只要有绒毛枹栎等橡子类果实和山葡萄就可以，可是植物们像是商量好了似的，那年大多数植物都没怎么结实。她四岁那年的秋天，山里的果实也没有丰收。因此，生育这件事就拖到了五岁这一年。

这里是石川县的白山，是日本屈指可数的大量降雪地带。下大雪的年份，积雪甚至有四米高。灌木丛和草类完全被雪覆盖，食物严重不足。对动物们来说，如何度过严酷的冬天是最大的难题。

黑熊会通过冬眠来度过寒冬。由于他们体形庞大，必须摄入大量食物。如果是体形娇小的松鼠，只要事先储存足够的橡子，就能靠吃橡子度过冬天。可是黑熊是不可能储存出度过一整个冬天的食物的。因此，他们便学会了通过绝食并在洞穴中沉睡一个冬天这种冬眠的办法来过冬。

在冬眠中，体温下降，身体只提供维持基本新陈代谢所需的能量，将能量消耗降到最低。不过黑熊仍需要足够的体力来在寒冬中保持四到五个月的生命。所以在冬眠之前，他们必须吃掉尽可能多的食物，在体内贮存

尽可能多的养分。

所以对黑熊来说，秋天果实成熟的时期是最忙的时候。

树木果实丰收的年份，每天都很幸福。不单可以果腹，还能在吃饱的同时品尝到各种果实和草类的味道。

这对于公熊和母熊来说本没有什么区别，不过对母熊又意味着可以得到特别的礼物——子孙繁盛。

黑熊的交配期是六月至七月，生产是二月左右。因此，妊娠期一般是七到八个月。不过，刚刚出生的黑熊幼崽只有四五百克重，体形和褐鼠差不多大。为什么黑熊幼崽会以早产儿的形态出生呢？既然妊娠期有七八个月，在妈妈肚子里发育完全以后再出来不是更好吗？其中的原因是这样的。

对动物来说，最重要的是留下健康的后代。为此，需要具备各种条件，其中重要的条件之一就是出生的季节。

日本猕猴在秋冬之际进行交配，四月到七月生产。这个季节是嫩叶发芽，各种新鲜食物一应俱全的时节。母猴吃下这些食物，就会有充足的奶水，幼崽就能健康茁壮地成长。如果在秋天出生，等待他们的就是食物匮乏的严冬，幼崽不好养活，死亡率也会升高。

冬眠的黑熊不能采取和日本猕猴同样的方法。冬眠期间，原则上是不进食的，所以黑熊不得不在沉睡期间在肚子里养育幼崽。为此，在秋天充分摄入营养成分高的食物就成了孕育生命的绝对条件。

话虽如此，可大自然并不是为黑熊存在的。黑熊喜欢吃的山毛榉、大叶栎、绒毛枹栎等树木也同样要尽可能多地繁殖后代，因此它们便想出了各种巧妙的办法。比如，像柿子和栗子这类果实，就会有丰收之年和歉收之年。如果它们每年都结出许多果实，就会消耗很多能量，树木本身就承受不了。而且，如果繁殖了过多的后代，后代之间的竞争越来越激烈，对整个物种来说会产生不好的影响。所以，植物们就采取了今年丰收、明年或后年歉收这样的策略。

在气温较低的山地，山毛榉树通常生长得十分茂盛。山毛榉的果实是动物们过冬所需的重要食粮。可是山毛榉每隔五到六年才有一次丰收。有趣的是，并不是一棵树这样，白山地区所有的山毛榉树是一起迎来丰收的。不仅如此，恐怕整个日本的山毛榉树都是步调一致的吧。

有时候，由于雨水少或是气温低，许多植物都不怎么结果实。遇到这种年份，动物们也很难熬。而冬天仍然会无情地降临，有的冬天会有大量动物饿死。

在山中果实歉收的秋天，黑熊不得不为了冬眠而拼命储存体力，根本没有精力养育腹中的胎儿。胎儿的下场基本都是流产，即便生下来也会因为发育不良和奶水不足而死掉。既然没有精力生育，那么从一开始不怀孕就可以了。于是，为了适应环境的变化，黑熊进化出了一套巧妙的生理结构。

六月到七月间交配，母熊受精。一般来说，受精卵会在子宫着床，开始分裂，渐渐发育成胎儿。不过黑熊却并非如此。他们的受精卵并不在子宫着床，也不分裂，而是一直在子宫中漂浮。

然后，秋天降临了。秋天是决定能否生儿育女的重要季节。如果山里歉收，黑熊就无法摄入足够的营养，也就很难生育，子宫里的受精卵就会很自然地被吸收了。相反，如果赶上大丰收，身体储存了充足的养分，能够保持充分的体力，这时黑熊就能够安心在腹中养育胎儿，于是受精卵开始着床，渐渐发育成胎儿。这也就是为什么交配在夏初至夏中，而冬天生出来的胎儿仍然是未发育完全的。

今年包括山毛榉在内的许多果实都获得了大丰收，年轻母熊（今后就用村民给她起的名字"细月"来称呼她吧）的受精卵也在子宫着床了，新的生命即将在这里孕育。

细月并没有察觉自己怀孕了。不过，在子宫里孕育的小生命不断给母亲传送着无数的信号，这些信号让细月的心情无比明快，内心充满了喜悦。

细月停下了正在忙碌的手，把手放在鼻子上，闻了闻气味。她忽然闻到了一股异味。

没错,是烟味。这也就意味着,附近有人类。人类会把一种叫作"烟袋"的、前端银光闪闪的细细的棍子叼在嘴巴里,在棍子前端点火。过一会儿,他们就从嘴里吐出白色的烟。

用烟袋抽烟丝这种行为,细月是无法理解的。火和烟,都是野生动物惧怕的东西。点火和品尝烟这种莫名其妙的行为,是细月无法想象的。

不过,烟丝的味道很神奇,只要闻过一次就再也忘不了了,倒不是令人讨厌的气味。烟丝味和木头燃烧时的烟味不同,有一种让人眩晕、魅惑心灵的力量。虽然不知道为什么会这样,不过毋庸置疑的是,烟味是附近有人类的标志。

附近有人类,细月一想到这个,胸中顿时一阵忐忑,她用不安的眼神扫视了一下四周。

她突然捡起一根枯枝,用锐利的牙齿咔哧咔哧地把树枝咬了个粉碎,焦躁不安的心情这才缓解了一些。

心情稍稍平静之后,细月脑海中渐渐浮现出一个男人的身影。"是他,一定是他!"

熊是山里体形最大最强壮的动物,而熊唯一害怕的动物是人类。不过,并不是每个人类都很可怕。那些采摘蕨菜和土当归的人、伐木的人,还有挑着重重的行李向山顶攀登的人,他们和羚羊、猴子差不多,没有任何危险。

只有一种人是危险的——扛着猎枪打熊的猎人。他们是熊的天敌。尤其是那个男人——他总是围着一条深棕色围巾，需要严加防范。到现在为止，细月已经看见有三只熊被这个围巾男子用枪击中，丢了性命。

那是细月两岁那年的五月末发生的事，细月永远也不会忘记。细月从冬眠中醒来，和妈妈一起高高兴兴地在春日的阳光里朝菜田走去。菜田是一种容易引起雪崩的斜坡，树木很难在那里生长。当春天快结束时，这里的积雪会比任何一处山坡融化得都快。气温上升后，日照好的陡坡会发生雪崩，露出地面。这样一来，一直埋在积雪下方的蜂斗菜、土当归、蓟和虎杖这些野菜就会发芽。山里大部分地区仍然被积雪覆盖，唯有这片山坡生长着嫩草，是一片绿色的田野。

菜田有一个复杂难懂的学名，叫作"高草群落"，不过对住在山里的人们来说，那里是采摘春天野菜的重要场所，是大山造就的自然田地。而对于度过了漫长冬天的动物们来说，这里更是春天的乐园。猴子、羚羊、松鼠、熊等都会聚集在这里。而对于专门打熊的猎人来说，这儿则是猎杀黑熊的绝佳场地。

在冬天的大山里，雪崩是最恐怖的。在这片可怕的雪崩造就的春天的乐园里，刚刚从漫长冬眠中醒来的细月正沉浸在梦幻般的喜悦中。细月忘记了一切，只顾着采摘春天赐予的鲜嫩食物，忙不迭地将它们送入口中。她"砰"地折断一根粗大的茎，放入嘴中一咬，便发出了清脆的"咔哧咔哧"的声音，醉人的香气一直弥漫到鼻腔，独特的味道让细月不由得陶醉其中。

细月四处搜寻着土当归，不知不觉离开妈妈有五十米远了。她有些不安，站起来四处张望——妈妈你在哪里？

她看见妈妈正坐在地上，嚼着一块虎杖的嫩茎，吃得很香。细月放心了，正准备弯腰，突然传来"咚！"的一声沉闷的巨响，空气都为之颤抖，与此同时，细月看见妈妈趴在了地上。

细月震惊了，她觉得自己的心脏快要炸裂了。她刚想冲过去，却看见一个男人从妈妈对面的树林中走了出来。那个男人围着一条深棕色围巾，手里端着枪，朝妈妈的方向看了一会儿，然后把枪背在身后，拿出烟袋叼在嘴里，在烟袋管的前端点着了火。由于那男人是在上风向，一股从未闻过的气味随风飘了过来。那是一种能让脑袋晕晕乎乎的神奇的味道。

那男人又端起了枪。细月本能地察觉到了危险，一下跳进了高高的草丛中。她在草丛里挖了个通道，拼命地逃走了。

细月成了孤儿。不过，她已经能够独自觅食，所以也没受什么苦，顺利地长大了。现在她又很幸运地怀上

了孩子。

孩提时代悲伤残酷的经历一直深深地刻在细月的心里。平日里她不会想起，可是那个男人喷出来的让脑袋晕乎乎的烟的味道，让她回想起了当时的情形。

细月提高了警惕，耸动着鼻子，仔细地闻着味道，竖起耳朵，不放过一点儿微弱的声音。可是，她没发现附近有人的踪迹。一定是风把远方的烟味儿带过来了。

细月又开始勤劳地收集树叶了。

"咔嚓！"她的耳朵捕捉到了一声轻微的响声。

细月一下子紧张起来，连忙四下张望。

她看到了一只嘴里叼着橡子的松鼠。松鼠也正在为过冬做准备，把橡子收集起来，埋在土里储藏起来。

细月突然冲着松鼠扑了过去，一股莫名其妙的焦虑在她心中燃起了一团小小的火焰。细月就像是一颗被那团火点着发射的子弹，扑向了松鼠，把心中的焦虑发泄在松鼠身上。

松鼠迅速爬上树，爬到熊爪够不着的树枝上，瞪大了惊恐的大眼睛，看着黑熊。自然界里，无论何时，和平与战争、安心与恐惧都是并存的。谁都不知道安心会在什么时候转化成恐惧。随时都有可能被食肉动物和猛禽类吃掉的松鼠，能够用很短的时间在两个世界之间自由切换。

松鼠正在收集过冬的食物，黑熊正在为冬眠铺床。虽然他们的目的相同，两者之间却没有任何关系。可是黑熊突然朝松鼠发泄了情绪。松鼠虽然吓了一跳，可是怎能轻易让黑熊抓到呢？那样的话，他就没资格活在自然界了。无论是多么和平的时刻，也要做好随时应对可能发生的未知的危险的准备。这就是处于弱势的小动物们的生存之道。

细月没捉到松鼠，便乱刨了一通落叶来撒气，几个橡子咕噜噜滚了出来。

细月走回树洞旁边，又开始抓了枯叶往树洞里扔，仿佛刚才什么事情也没发生。

松鼠观察了一会儿，从大叶栎树上刺溜溜滑了下来，又忙着收集橡子去了。

山毛榉的树根鼓得特别大，在鼓出部分的斜上方，有一个树洞，洞的直径大约三十厘米。体重将近八十公斤、身高约一百三十厘米的细月似乎根本钻不进这个洞。不过，猎人都说只要黑熊的头进去了，整个身子就能钻进去。此话不假。即便是更小的洞，细月也钻进去过。

今年秋天，细月比以往任何时候都更热心于寻找冬眠的洞穴。肚子里的两个小生命一直在不断地提醒她："别忘了我们在这里呢，我们可不喜欢寒冷。""要把我们顺利地生下来养大啊！"

她找过各种各样的洞穴。有生长在陡坡上的杉树树根里的洞，岩石裂缝形成的洞，中空的杉树倒木等等。她需要洞既能防寒又安全，而且洞里的空间还要宽敞舒适。可是几乎没有一个洞穴能同时满足所有条件。最后，她终于找到了一个洞，就是现在的山毛榉树上的树洞。这个树洞她在两年前曾经用过一次。虽然有些狭小，不过要论起抵御严寒，没有一个洞能比得过它。所以空间狭小这个缺点她也只好忍了。

细月在山毛榉树洞里沉睡着。树洞里面很温暖，入口处被雪封上了，隔绝了外界的寒气，整个洞穴被细月的体温烘得暖洋洋的。细月窝在厚厚的枯叶做成的被窝里，迷迷糊糊地睡着，在浅浅的睡眠中游荡。

进入树洞的第二天，下雪了。一开始只听雪花轻轻地飘落，落在大地的枯叶上，发出轻微的沙沙声。后来，那个声音消失了，只剩下令人毛骨悚然的寂静。雪还在下，只不过现在的雪都落在了最初盖住枯叶的那层雪上，一点儿声音也没有。

不知从何时起，洞口不再飞进雪花，入口被积雪覆盖了。洞里面变得越来越暗，只有通向外面的入口透出隐隐的亮光。细月把身体埋进枯叶中，进入了漫长的冬眠。

她做梦了。

在冰雪覆盖的银白色世界里，矗立着许多掉光了叶子的树木。细月漫无目的地徘徊着。她在寻找冬眠用的树洞，可是哪里都没有合适的洞穴。在寒冷刺骨的冬季大山里整整走了三天，细月拖着疲惫的身体瘫在了一棵山毛榉树的树根上。

她微张着嘴，迷迷糊糊地盯着前方。突然，她发现山毛榉树林深处有一双眼睛正在盯着她看。细月一下子清醒了，赶紧站起来躲到了山毛榉树的后面。

可是，立刻又有一双一模一样的大眼睛瞪着细月。那绝对是人类的眼睛，可是，却看不到人类的身影，只有一双大眼浮在空中，死死地盯着细月。

细月慌了，藏到了旁边一棵高大的冷杉树后。可是，那双眼睛还是从一棵棵林木之间追随着细月。

细月害怕了，在树林中奔跑起来，她踢得雪花四溅，一心想要逃离那只巨眼怪。可是一回头，那双眼睛仍旧浮在空中盯着细月。

一股冰冷的寒气窜进细月的体内。她打了个哆嗦，拼命在林中飞奔起来。

无论她跑到哪里，那双可恶的眼睛一直都跟着她。它在树木间穿梭，细月停下，它就停下，细月奔跑，它也用同样的速度奔跑，一直和细月保持着一定的距离。

细月不耐烦了，一股怒火蹿上心头。她深吸了一口气，猛地转过身，径直朝那双可恶的眼睛猛扑过去。

那双眼睛并不逃跑，而是静止在那里凝视着细月。

就在细月的手马上就要够着它的时候，突然传来一声震耳欲聋的巨响：

"咣——！"

细月仰面朝天向后倒去。她直直地撞上了山毛榉树，脑袋受到了重重的一击。

细月猛地睁开了眼睛，心脏跳动得很剧烈。真是个噩梦！脑袋晕乎乎的，她用茫然的眼神看了看透出微微亮光的洞口。

细月受到了很大的惊吓，就像是脑袋突然被棍子砸了一下。她收集枯叶做巢的时候，闻到烟味儿后感到的不安——这世上最令人厌恶的动物——猎人，似乎就在树林里窥探她。就是这种感觉令她不安。在梦里出现的巨眼怪，一定是猎人的眼睛。

细月的心里笼罩了一团黑云，她更加不安起来。

细月突然坐起来，连想都没想就伸手推开了覆盖着洞口的雪。"这里太危险了，我必须另外找一处洞穴避难。"她像是被人追杀一样，匆匆忙忙地用手扒开洞口的积雪，跳出了洞外。

在下雪之前，细月就准备了好几处候补的冬眠洞穴。有一处被石头围起来的洞穴，细月觉得那里最安全，便急忙往那里走去。

一大块岩石层形成了一个可以让黑熊充分休息的洞穴。入口被雪埋住了，看不见，细月挖开雪，洞口便出现了。细月走进了洞穴，一下消失在黑暗中。

　　细月迷迷糊糊地睡着了。在岩石洞穴里十分安全，可缺点是寒冷，再加上她没有准备树叶被窝，只能躺在冰冷的地面上。

　　细月将身体紧紧蜷缩成一团。从岩石裂缝里垂下来的冰锥更是给人一种冰冷彻骨的感觉。

　　洞穴的入口被不停降下的雪完全封死了，猎人应该不会找到这里。可是，这里实在是寒冷彻骨。孩子出生后能抵御这里的寒冷吗？母亲的本能让细月不安起来。

　　细月失眠了，她用手轻轻抚摸着肚子。肚子里的宝宝微微动了一下，手上感受到的细微蠕动加剧了细月的不安。"出去吧。这里不是养育儿女的合适地方。"

　　细月走出岩洞，将一株巨大的杉树倒木选作了洞穴。树干里面已经腐烂，成了一个空洞。

　　杉树倒木位于斜坡上，所以钻进去以后，身体是倾斜的，一点儿也不稳当。

　　细月最后也放弃了这里，还是返回了山毛榉树的树洞。秋天时她为了生产四处寻找理想的洞穴，最终选定了这处山毛榉树的树洞，看来还是这里最合适。

两只小熊

二月末，细月生下了两只幼崽。小熊浑身长着浅棕色的绒毛，眼睛闭得紧紧的。作为体重八十公斤的母熊的孩子，这两个小家伙实在是太小了，只有褐鼠那么大，体重只有三百多克。小熊一只是公的，一只是母的，我们就叫他们月夫和月子吧。

差不多一周过后，两只小熊睁开了眼睛，他们每天都喝下充足的奶水，渐渐地长大了。两个小家伙在阴暗的洞穴里玩儿摔跤，嬉戏打闹，没过多久，他们就想看外面的世界了。

月夫爬到细月的头上，伸手去够树洞的入口。

"嗷——嗷——"现在还不行哦。细月把月夫拽了下来。

又过了十天，两只小熊来到了洞穴外面，一起玩

耍。"咕——咕——"他们发出稚嫩的尖叫声,扭打在一起玩儿摔跤。月子被月夫按在了地上。

"吱——"月夫尖叫一声,跳了起来。不甘示弱的月子咬了月夫的手腕。趁月夫向后退的空当,月子连忙逃跑。月夫迅速追了上去,一把抓住了月子。可不巧的是,抓住月子的地方是个陡坡,两只小熊扭作一团从斜坡上滚了下去。

一直在一旁平静地观看两只小熊玩耍的细月感到了危险,连忙跑到了陡坡上。"吱——"两只小熊高声叫着,抱作一团,挂在了一棵冷杉上。细月松了口气,在

坡上俯视着孩子们。

月夫和月子呼呼喘着粗气,从坡底往上爬着。终于爬到了母亲身边,两个小家伙都站不稳了。细月叼起月子,把她扔进了树洞,然后是月夫。

孩子们出洞活动已经两周了。两个孩子健康茁壮地成长着,体重已经达到四公斤,长得和猫差不多大了。两只小熊特别喜欢玩耍,有时会玩儿摔跤,有时又大口大口地吃草,已经开始尝试各种事情了。有时候他们甚至会朝细月猛扑过去,想要压倒她。

"咕,咕,咕!"细月在洞里嘴巴一动一动的,像是在喃喃自语——差不多该出去了。孩子们也已经完全长大了。

细月从树洞里探出头，仔细观察着四周。她抽动着鼻子，确认有无可疑气味。

树洞所在的山毛榉树上，传来松鸦"嘎——嘎——"的嘶哑叫声。附近没有危险的家伙。做出判断后，细月便从树洞里跳到外面，朝山顶上走去。两只小熊觉得很奇怪，不知发生了什么事，呆呆地看着细月远去的背影，突然像被什么东西弹出来一样，飞速朝细月跑去，跟在母亲的身后上山了。

进入五月了，山里有些地方仍有积雪。山毛榉树发芽了，森林被一片嫩绿色包围。细月来到小河边，把嘴扎进河里，大口喝着清澈的河水。冬眠期间她几乎什么都没吃，肠胃里面空空如也。冰冷的水滑过喉咙的感觉很舒服。两只小熊也学妈妈的样子喝起了水。这是他们出生后第一次喝水，他们觉得太好喝了！月夫咕咚咕咚地喝了个肚饱溜圆。"真好喝。"他心想。

细月扯下水边生长的蜂斗菜的花朵和嫩叶，吃得津津有味，还拽下刚刚发出嫩芽的山葡萄藤蔓乱吃一气，然后啃下大叶栎的树皮吞了下去。饱餐一顿之后，细月来到向阳处的草丛里，躺了下来。

月夫和月子嬉戏打闹着，玩儿起了爬树游戏。月夫看见一个身体细长的黄色动物从对面岩石的阴影处跑了出来，迅速钻进了前面的草丛，朝着山谷里的小溪跑去。

那是什么动物？月夫心想，便爬到岩石上面朝下望去。月子也过来了，她看到那个黄色的动物如滑行一般巧妙地在斜坡上行走。

跑到距离小溪岸边两米远的地方，那个动物四下看了看，回头看着月夫。天哪！他的脸是白色的，只有两只黑眼睛放射着锐利的目光。两只小熊第一次见日本貂，不由得吓了一跳，他们瞪着一双好奇的眼睛，想看看日本貂接下来要做什么。日本貂与鼬是同类，比鼬体形略大，是森林里的猎手。

日本貂走到岸边，四下张望了一会儿，突然改变了走路方式，蹑手蹑脚地缓缓靠近溪流，在河里露出来的石头上蹲了下来。

五月的阳光照在河面上，银光闪闪，仿佛河里漂着许多细碎的珍珠。日本貂身上也洒满了阳光，闪着黄金般的光泽。

日本貂像一块黄色的小石头一样静静地蹲在岩石上，突然，他探出身子，像箭一般嗖地把前爪插进了水里。小小的水声打破了森林的宁静。那动作太快了，简直是转瞬之间的事情。日本貂前爪里紧紧抓着一条白点鲑，那条白点鲑浑身泛着银光，使劲甩着尾巴挣扎着。小熊们眼看着日本貂一口咬住白点鲑的脖子，苍白的脸立刻被鲜血染红，然后就悄无声息地消失在了草丛中。

月夫看着眼前发生的这一幕意想不到的戏剧，心中兴奋不已。他看了看月子，月子应该也同样被震动了吧。他们看着对方的脸，似乎心有灵犀。就在这时，突然传来一声撕心裂肺的咆哮声："嗷——！"两只小熊吓坏了，连忙朝声音传来的方向看去。只见妈妈弯着腰，发出阵阵低吼，痛苦不堪。

月夫和月子大吃一惊，连忙朝妈妈飞奔过去。熊妈妈趴在地上，颤抖着身体，看样子十分痛苦。两个孩子不知该如何是好，惊慌失措地围着妈妈转来转去。

细月抬起头，大吼了一声。"砰！"——几乎就在同时，一个筒状的硬物从她屁股里飞了出来，一直飞到两米之外。那东西还拖出了一道长长的黏液。

细月一脸解脱的表情，坐了下来。月夫和月子虽然不知道究竟发生了什么事，不过刚才因为担心而紧张的心情一下子消散了，他们跑到妈妈身边，紧紧地抓住她。细月似乎完全放心了，紧紧搂住孩子们。

熊在冬眠前的几天里几乎是不进食的，他们会排空肠胃里的东西再冬眠。有意思的是，熊会在直肠里残留大约十厘米的干硬粪便。猎人称这个东西为"止粪"，或是"塞子"。

等到熊从冬眠里醒来，走出洞穴，他们不会突然吃下大量食物。这道理就如同绝食修行的人在绝食刚结束的时候，只吃米汤和稀饭这些不会带给胃肠负担的东西，然后逐渐适应普通饮食。

细月在冬眠结束后必须首先做一件重要的工作，就是拔掉肛门的"塞子"。为此，她要去吃蜂斗菜和山葡萄藤。这些食物会堆积在肠道里产生气体，把粪便排出去。有时很容易就把"塞子"拔出来了，不用受多少罪。可是有时候粪便特别干，怎么也拉不出来。这时，熊会十分用力，如果还是拉不出来，熊会痛苦地大声吼叫，吼叫声有时会响彻整个森林。谁也不明白"塞子"的作用究竟是什么，有可能是为了防止空无一物的肠道在漫长的冬眠期间出现功能退化，保持对直肠的刺激吧。

细月觉得身上轻松了许多，心情也变爽快了。这下可以想吃什么就吃什么了。一想到这个，她就高兴起来。

细月在森林中迈着轻快的步伐，向着西方前进。目的地是菜田，那里有她爱吃的土当归和蓟的嫩叶，还有许多美味。孩子们是第一次去那里，一定会很开心。细月浑身充满了生的喜悦，精神抖擞地大步走着，两只小熊一蹦一跳地跟在她身后。

分离

"飕——"风从纸拉门的缝隙里吹进来,弄出了轻微的响声。

煤油灯的火苗晃动了几下。地炉上挂着铁壶,铁壶的吊绳在地上投射出淡淡的影子,那影子也晃了一下。

一家子正围坐在地炉边烤火。晃动的吊绳影子,正好横在坐在正中间的耕助爷爷的头上。

"今天晚上真冷啊!怎么样?雪停了吗?"耕助爷爷嘟囔道。

"我给您倒杯热茶吧?"

这家主人的妻子阿富站起身来,拿茶碗去了。

铁壶里的热水咕嘟咕嘟地沸腾着,焙茶的香气弥漫了昏暗的房间。

"砰砰!"是敲门的声音。

"谁啊？"一家之主耕太郎问道。

"晚上好！真是个寒冷的夜晚啊！"

"啊，是与平吗？刚刚冲的热茶，快进屋来吧！"

"那我就打扰啦！"

与平脱掉沾满了雪的草鞋，进到屋里，蹭到地炉跟前，赶紧把手伸到炭火上烤起火来。

"啊！太舒服了！刚才我整个人都冻僵了。"

与平冻得发硬的脸颊终于放松下来，他喝着阿富为他斟来的焙茶，看上去十分享受。

"对了，奶奶的身体怎么样了？我拿来了兔子和山鸟。山鸟的肝脏能补充精力。"

与平拿出装着兔子和山鸟的袋子，扔在地板上。

"谢谢！现在下这么大雪，这里又是深山，医生都不肯来。奶奶正好喜欢吃山鸟的肝脏，说不定能增加她的食欲呢。不过，她的烧一直退不了……"

"熊胆最管用了！而且年代久远的还不行，最好是新鲜的。新庄村的玄三爷爷也是久病缠身，痛苦得不得了，吃了熊胆以后病就全好了！"

"可是，你说新鲜的熊胆……那岂不是要去杀熊？"耕助叹了口气。

"抓住它就行。不过，也不是说任何熊都可以。年老的熊的熊胆已经萎缩了。就算是年轻的熊，胸前的月牙又粗又大的也不行，那种熊的胆很小。越瘦的熊，胆越好。最好的是那种生了小熊崽的年轻母熊，刚从冬眠里醒来，刚走出洞的。那种熊很罕见，不过我碰巧知道一只。"

与平龇牙一笑，啜了一口茶。

"拜托了，与平！这辈子我就求你这一件事。你可是村子里最出色的打熊猎人！请你一定要救奶奶的命啊！拜托了！"

耕助双手合十，一脸严肃地请求与平。"来来，喝一杯！"耕助给与平倒了一杯浊酒。与平有滋有味地啜了一口，说道："我来动手的话倒是很简单，可是不行啊。必须是奶奶的亲人拼上性命去取熊胆才管用，否则那东西的功效就变弱了。"

与平说完，用犀利的目光扫了一眼耕助的长子耕太郎。

耕太郎沉默了一会儿，空气似乎凝固了。耕太郎用悲痛的表情喃喃道："从那个时候开始，我就不再杀生了。况且要杀的是有孩子的母熊！我开不了枪啊！杀了母熊，小熊怎么活下去啊！太残忍了……"

"那个时候"指的是三年前的昭和七年（一九三二年），耕太郎的长子耕一战死了。从那以后，耕太郎就再也不打猎了。虽然他曾经很喜欢打猎。

"我来动手，爸爸。"

一直坐在角落里的次子，十四岁的耕二突然大叫起来。

母亲阿富立刻插话了："不行！你还是个孩子，而且根本没端过枪，去了只能白白送命。有孩子的母熊都很可怕。"

"雪化之前还有一段时间，我会拼命练习的。爸爸，一起去吧！两个人的话一定会顺利的。爸爸负责把熊惹怒。等她站起来，我就从边上开枪，一定会成功的！我想报答奶奶的养育之恩啊！"

耕二板着脸，看上去很紧张，说这话时的语气十分严肃。与平立刻泼了耕二一盆冷水。

"不行。小鬼头做不了这事。"

"为什么！我从现在开始努力练习射击。走山路我也习惯了……"

与平像是没听见一样，往茶碗里倒了一碗浊酒，咕咚一口喝了下去。

"喝酒嘛，要是能有烤鱼当下酒菜那就太好了……受伤的熊可是相当恐怖。你有信心一枪打死她吗？有了崽儿的母熊就算是打中心脏，也不会停止攻击。因为她一心只想保护孩子。你和熊，总归有一个要先死。

还有一件事很重要。如果不是一个人来做，熊胆的药效会变弱。就算是得手了，如果是两个人干的，效果就会减半，要是三个人干的，就会变成三分之一。看来还是不行啊。我手头上有陈年的熊胆，拿来给你们吧。虽说药效逊色不少，不过总比没有强。"

"我要是再年轻些就好了，真不甘心哪。"

耕助显出悲伤的神情，喃喃着，往地炉里添了根柴火。

又是一阵沉默。地炉里的柴火噼噼啪啪地烧着，火旺了起来。

"我来做。我会治好奶奶的病。母熊是很可怜，可是我也失去了耕一。我会活捉小熊，好好把她养大。"

耕太郎站起身来，斩钉截铁地说道。

"对不住啊，耕太郎！凭你的本领一定能捉到。那就拜托了！好好干吧！对有崽儿的母熊，你可千万不能掉以轻心啊！"

耕助流着泪，握着耕太郎的手，往茶碗里斟满酒，递了过去。

"那我就提前喝庆功酒了！"耕太郎的语气坚定有力，一口喝干了杯中酒。

"这才是男人嘛，耕太郎。目标是一只叫细月的母熊，这可是极品货色。她的熊胆至少有三十文目（约一百一十克）重。那家伙现在还在窝里冬眠呢。去年秋天快结束时，我已经大体摸清了她在哪一个窝里冬眠。这场雪过后，冬天也就过去了。五月初她会从洞里出来，一定会去'危险山脊'下面的菜田觅食。冬眠过后她一定饿坏了，到时候会闷着头拼命地吃。这个时候就是开枪的最好时机。要是错过了这次机会，再想抓到她可就难了。那我们就这么定了。怎么样？"

"嗯。我干！"

简短的回答中蕴藏着耕太郎非比寻常的坚定决心。

"我也去。叔叔，带我去吧！"耕二的语气很坚决，看着与平的脸。

"不行。孩子干不了这事儿。等你长大了，你妈妈生病的时候，才轮得到你出场呢。哈哈哈哈！"

与平故意取笑耕二。他喝下浊酒，朝耕太郎低声说道：

"那只母熊，我本来打算去抓她的。现在我把她分给你了，所以你得给我一半。我说的不是熊胆，而是钱。怎么样？如果未加工的熊胆有三十文目重，加工好以后差不多变成四分之一了。熊胆和金子是一个价，所以就是不到八文目，大约九十日元。卖给别人的话价格要翻两倍以上，至少得两百日元。一半的话就是一百日元，这已经算便宜的了。怎么样？这种话还是得在干活之前说清楚，否则事后争吵起来就麻烦了。"

与平一边刺溜刺溜地嘬着酒一边说道。他已经有些醉意了，红红的眼睛像蛇的眼睛似的，看起来十分猥琐。一百日元可是一大笔钱。一升米是二十七钱，如果有了一百日元，足够买下一家六口人半年以上的口粮了。可是事到如今也不能后退了，为了救母亲，一家人无论怎么贫穷也必须努力啊。

"这是当然，与平。你不必担心。作为交换条件，你必须保证我能抓住它。"

"哈哈哈哈！就交给我吧！来，耕太郎也喝一杯吧！提前预祝成功！"

与平那通红的脸上堆满了笑，往耕太郎递过来的茶碗里倒满了酒。

五月初的一天，晴朗舒适，东方的天空上挂着几缕薄薄的云彩，清澈湛蓝的天空洒下柔和的日光。山毛榉树的新芽沐浴着阳光欣欣向荣地生长着，闪亮的叶片折射出生命的光辉。黄喉鹀高歌着筑巢之前的春天的歌曲。

细月从高山上走下来，朝"危险山脊"的菜田走去。她想尽情享受一顿春天的大餐，心情十分愉快。两只小熊也一定会为生命中的第一顿大餐而欢呼雀跃的。

去往菜田最轻松的路线就是走山脊上的小路。不过，细月决定从险峻的山崖上走过去。

菜田是一座长满了恩赐的春天美味的乐园。里面不仅有熊，还聚集着猴子、羚羊、兔子、松鼠等动物。也就是说，这里对猎人来说是最好的狩猎场。细月的母亲就是在这里被猎人杀害的，这个记忆直到现在都历历在目，在刺痛细月的心。

遭到猎人追赶时，只要选危险的山崖边作为逃跑路线，猎人就不会追上来。为了以防万一，细月选择了比较危险的悬崖路线。走那条路必须十分谨慎小心，否则就会滚落谷底。悬崖有二百米几乎是垂直的，一旦掉下去肯定没命了。

这条悬崖上的道路并不是细月开拓的。她曾在某天看见羚羊十分灵巧地在上面穿行。羚羊是技艺高超的杂技演员，即便是看上去绝无攀登可能的陡峭直立的悬崖，他们也能轻松攀爬。如果简单地认为羚羊能爬上去的地方熊也能通过，那就大错特错了。不过细月发现，这条悬崖小道只要小心一些，熊也能走。

在悬崖的下方，波光粼粼的谷底小河在远远地流淌。对面，一条长几十米的瀑布垂直落入谷底河流。瀑布深潭里溅起白色的水花，画出一道小小的彩虹。

细月停下脚步，看着在水沫中微微晃动的彩虹。"那条巨大的白点鲑一定还在下面的深潭里。等天气再暖和一些，我一定要把他抓住。"细月想起了去年险些抓到的那条长四十厘米的大白点鲑，她还记得那家伙抓在手里时滑溜溜的感觉。

月夫和月子突然被带来走这么危险的悬崖小道，每一步都走得分外小心。一步走错，转瞬间就会滚落谷底。他们本能地察觉到了这种危险。

月夫前脚踩的岩石突然晃了一下，岩石上似乎有一道裂缝。月夫心下一惊，连忙把脚抽了回来。然后他把身体重心往后移，避免向前倾倒，用前脚推了一下岩石边缘。岩石崩塌了，变成巨大的石块翻滚着跌落谷底。山谷里响起巨大的轰鸣声。

　　细月吓了一跳，连忙向后看去。当她看见月夫一脸恶作剧之后的滑稽表情好好站在那里时，才放下心来。一瞬间她还以为月夫不小心踩空坠落山崖了。

　　细月和两只小熊终于走完了危险的悬崖小道，来到了菜田。细月一屁股坐在被嫩绿叶子覆盖的菜田里，掰下一棵粗壮的土当归的茎，放进了嘴里。土当归那独特的味道顿时弥漫了整个嘴巴。吹拂着清爽怡人的绿色微风，细月忘记了一切，尽情享受着丰富的山中野菜。

　　月夫和月子也随手采摘着土当归、蜂斗菜和蓟，吃得很香。或许是吃饱了吧，他们玩儿起了摔跤。细月十分满足地看着孩子们快乐地玩耍。他们一定会健康茁壮地长大。

　　对面，有一只羚羊在吃草。度过了严酷的寒冬，羚羊也来到这片乐园尽情享用爱吃的美味了。真是一派悠闲宁静的景色。

　　突然，羚羊抬起头，仿佛受惊了一般，嗒嗒嗒地跌跌撞撞地朝前跑了三四步。

　　一瞬间，细月的心中刮过一阵小小的不安的风暴。

　　她站起身来，朝后望去。

　　五十米开外的地方，有一个人类正拿着枪瞄准她。细月位于人类的上风向，再加上一直有微风吹过，所以她没能嗅到人类的气味。

一瞬间,孩子们的身影浮上了脑海。"危险!"她刚想转身,枪口喷火了,细月向前倒下了。

细月"咕嗷——"地大声咆哮起来。她这是在用尽全部力气告诉两个孩子:"快跑!"

月夫和月子从草丛里跳了出来,跑到细月身边,紧紧抓住妈妈。

"快跑!耕太郎!"

拿枪的男人身后传来一声惨叫,叫声划破了空气。

子弹穿透了熊的胸膛,却只是擦着心脏上方穿了过去。细月猛地站起来,胸口鲜血四溅,径直朝拿枪的男人扑过去。受了这样的重伤,一般的熊早已无法动弹,可是想要拼死保护两个孩子的强烈母爱,让细月使出了最后的力气。

黑熊如果全速奔跑,时速能达到六十公里。耕太郎还没来得及端起枪,也没来得及逃跑,转眼间就被扑过来的细月压倒了。

细月骑在了仰面朝天倒下的耕太郎身上。

耕太郎的眼前是一张充满愤怒的熊脸。"呼啊——!"黑熊发出痛苦的呻吟声,热乎乎的口水滴落在耕太郎的脸上。

耕太郎用尽全身力气想要推开黑熊,可是身上的黑熊纹丝不动。"不行了。说到底还是我不该猎杀有孩子的

母熊，就算被杀也没办法。"

"当——！"

一声尖厉的声音刺破了菜田的宁静。

骑在耕太郎身上的黑色物体缓缓地斜向一旁，扑通一声重重地倒在了大地上。

耕太郎机械地坐了起来。他的胸口已经被黑熊喷出的鲜血染得通红。他无力地垂下目光，看着倒在地上断了气的黑熊。耕太郎仿佛刚刚从噩梦中醒来，呆呆地站在细月的尸体旁。"她要是不死，我就得死。"耕太郎心想，又觉得这样站在细月身旁的自己很不可思议。

"喂，怎么了？你这表情，就像是刚从那个世界转了一圈回来。"戴着深棕色围巾的与平拿着枪走了过来。

"啊，是与平啊……"耕太郎有气无力地看着与平，喃喃自语道。

"喂！打起精神来！这次的猎物可是个上好的货色，肯定能取出上好的熊胆。不过，刚才可真险啊！要不是我补了一枪，你的命就没了！"

"啊，谢谢！这下妈妈的病有救了。谢谢你，细月！"

耕太郎毫不掩饰自己的心情，对着倒在地上浑身是血的细月合掌致谢。

"喂喂！你这是对谁道谢呢？该谢的人是我！真是不明事理。"

与平"切"地咋了下舌，把细月仰面朝天翻了过来。

"真是个身材苗条的上等货色。太棒了！这下能赚到一百日元了。喂，耕太郎，看那边，有两只小熊。这可值大钱了。抓住他们带回去吧！快，你在这边埋伏好。我去对面。咱们给他们来个前后夹击。喂，打起精神来啊！振作！"

耕太郎垂头丧气地站着，与平往他背上打了一拳，便迅速溜进草丛，绕到了小熊的身后。

月夫和月子目击了整个过程：妈妈把拿枪的男人扑倒在地，就要给他致命一击的时候，另一个男人突然出现了，用枪击中了妈妈，转眼间妈妈就倒在地上一动不动了。他们是第一次见到人类，也是第一次见到猎枪这种危险的东西，所以完全不知道发生了什么事。可是本能却告诉他们，可怕的危险正向他们逼近。

"得赶快逃跑！"当他们看见一个男人绕了个大圈朝他们走过来时，脑子里顿时浮现出这个念头。月子钻进了高高的草丛。虽然身体完全隐藏起来了，可是她总觉得随时都可能被发现，心里惴惴不安。对面有一块巨大的岩石，岩石的凹陷处看上去很安全。月子跑进那里藏了起来。

月夫不知该如何是好，正急得团团转，这时，戴深棕色围巾的男人离他越来越近了。他连忙逃跑，可是那个人拿着棍子紧追不舍。男人跑得特别快，月夫勉强躲过了朝他砸下来的棍子，拼命跳上了一棵冷杉。他经常和月子玩儿爬树的游戏，所以很顺利就爬了上去。

"该死！没想到这小浑蛋爬树爬得这么好。先不管这只了。另一只跑哪儿去了？"

与平四下张望了一会儿，开始朝草丛里走去。"咦？躲在这里了呀。以为藏起了脑袋，别人就看不见了？真够蠢的！不过这种躲藏的方式也够可爱的。"与平一边嘟囔着一边朝月子走去。

"喂！耕太郎！别像个木偶似的杵在那里，快过来帮忙啊！这家伙简直就是自己送上门来的，等着咱们去抓她呢。可是我一个人搞不定啊。要是她突然蹿出来我可抓不住。快点过来！快点啊！"

"啊，我这就过去。"

耕太郎决定过去帮忙。要是不帮忙，万一与平一个人对付不过来，恐怕最后不得已还得把小熊杀死。而且，小家伙还没断奶，现在妈妈死了，将来还不知道能不能活下来。既然如此，还不如索性抓了来养在家里。等把她养大了，再放回山里，这样也能弥补自己杀害她母亲的罪过。

"好！我们抓住她！"

耕太郎大喊一声，精神抖擞地朝与平跑过去。

"嗯，你终于振奋起来了，很好。不过，不要跑。虽然对方是小熊，一旦受了惊吓，感到有危险，也会跳出来的。让我看看，咱们怎么收拾她呢？"

与平命令耕太郎脱下上衣，右手拿着绳索。

"你用这件上衣蒙上她的头，把她按住。我会用绳子以最快的速度捆住她的腿。她蹦出来的时候，一定要麻利地用衣服包住她的头。注意别让她咬了你的手。绝不能因为她是个小家伙就掉以轻心，她的力气大着呢。听明白了吗？"

耕太郎用衣服、与平用手一起配合着按住了月子。月子的双脚不停地挣扎，与平迅速用绳子绑住了她的脚。

把月子拖出来以后，耕太郎紧紧抱住了她。他的眼前出现了一张小熊的脸。那是一双可爱的眼睛，那双眼睛怯怯地看着耕太郎。耕太郎想起了刚才骑在自己身上俯视他的熊妈妈的眼睛，那是一双充满了愤怒与悲伤的眼睛。耕太郎一下子把小熊抱进了怀里，温暖的体温透过衣服传了过来。"无论如何我都要把她抚养大，然后放回山里。"耕太郎凝视着小熊的脸，仿佛怀里抱着的是自己的孩子。

下山的时候，耕太郎的心情糟透了。即便是为了给母亲治病，可是杀害无辜母熊的残忍行为仍然在不停地折磨着他的内心。母熊的生命将拯救母亲的生命——也就是说，唯一的赎罪方法，就是把这只延续了母熊生命的小熊好好抚养长大。不管付出何种代价，都要把她精心养大放回山里。这只小熊是母的，将来会给死去的熊妈妈生下许多孙子孙女。如此一想，耕太郎的心情稍稍轻松了些。

"今天真是大获成功啊！和我预料的一样，是上好的熊胆，而且特别大。我当猎人这么多年，这么好的东西可是很少见到啊。以前也弄到过比这个还大的，不过，如果里面都是水，松松软软的，再大的熊胆也没用。一旦放到火上烤干，就会缩得很小，而且药效也很弱。今天这只母熊的胆，既有弹性又有光泽。就算是烤干了估计也不会缩小多少，药效一定很强。阿福奶奶的病一定会治好的。"

与平满脸都是笑容，高兴得不得了。

"真要是能治好妈妈的病，那就太好了。这都是托了你的福。"

耕太郎的话很少。他温柔地抚摸着手脚被绑、裹在衣服里的小熊的脑袋。

"不过……"与平嘴角浮现出贪婪的微笑。

"熊胆的钱，你能否这个月就给我？我家的开销也很大啊。"

"什么？"耕太郎不由得抬起头看着与平的脸，"你不是说咱们一人一半熊胆吗？你说的钱，是说一半熊胆的钱吗？"

"开什么玩笑！你理解错了吧。你的命可是我救回来的。如果细月是你一个人杀死的，那就按照当初的约

分离

定，一人一半熊胆。可是，要不是我出手相助，你早就命丧黄泉了。细月是我打死的。就算我把熊胆整个都拿走了也是理所应当的。我救了你的命，多要点回报也不过分吧。我可是个热心肠的人，呵呵呵呵。"与平发出了可恶的含混不清的笑声。

事情完全按照与平的计划进行着，他很满意。"如果不是耕太郎一个人抓熊的话，熊胆的药效就会变弱。"——这个说法完全是他捏造的。以耕太郎的打猎本领，根本不可能一枪打死细月。受了伤的黑熊最可怕。尤其是有孩子的母熊，一定会为了保护孩子和耕太郎拼命的。这个时候就轮到他与平上场了。射杀一只虚弱的熊很简单。既然是他打死了熊，救了耕太郎的命，那么理所当然获得整个熊胆。万一哪里出了差错，耕太郎丢了性命，那也是耕太郎的责任。到那时，熊胆仍然会落在与平手里。这就是与平的如意算盘。

耕太郎抚摸着月子的头，沉默了一会儿。与平说的话听上去很有道理。可是，整个熊胆的钱不是个小数。家里这么穷，根本不可能一次性支付给他。可是，为了拯救妈妈的生命，就算是把家卖了他也不后悔，又怎么会知道与平邪恶的小算盘呢。他觉得这一切都是与平出于善心的行为。

"耕太郎，明白了吗？这可不是我贪心啊，这是世间的道理。"

"嗯。我明白了。"耕太郎阴沉着脸,话仍旧不多。

"振作起来啊!这下老娘就有救了。我告诉你个好事吧。你抱的这只小熊崽儿,你把她好好养大,养到五岁,就能取出上好的熊胆了。把熊胆卖了,就能赚一大笔钱。到时候你就去找那些病重的人。是人都会惜命,就算你要价再贵,他们也会买。决不能卖给中间商,那帮家伙嘴上说得天花乱坠,最后会用很低的价格从你这里买走。我能把熊胆卖个好价钱。我可以分一半钱给你,连手工钱也算在内。嗯,就这么办。五年后的今天,我们来送她上路。养在家里的熊不会冬眠。这个时候正是山里的熊结束冬眠开始活动的时期,这个时候的熊胆也是最好的。小熊崽儿也得感谢咱们呢。本来今天就能取了她的性命,可是咱们一直让她活到五岁。耕太郎,你一定要好好把她养大啊。那样还能偿还你的欠款,天底下上哪儿去找这么好的事啊!哈哈哈哈!"

与平十分得意,小声笑了起来。

耕太郎的心情更加阴郁了。他一直都有大笔的债务,如果事情进展顺利,他就能从长期负债的痛苦中解脱出来。可是,这种解脱却只能通过牺牲这只小熊来实现。他绝对做不出这种残酷的事。可是,他也知道一家人背负着巨额债务有多痛苦。吃了熊胆治好病的母亲,还有现在还算健康的父亲,如果每天连饭都吃不上,一定又会生病。那样的话,为了治病,又得去取熊胆。

可是，他再也不想猎杀有孩子的母熊了。既然如此，还不如把这只小熊养大，去偿还欠款。这也许是最好的办法了。可是……

耕太郎困惑了。虽然他顺利拿到了熊胆，可是一想到今后的辛苦，他的心就无比沉重。

藏在云后面的太阳露出了脸，五月耀眼的阳光洒在山毛榉树的嫩叶上，让人感到新的生命正在怒放。

黄莺在啼叫。"啾，啾，啾！"他们的叫声一顿一顿的。那叫声飞越山谷，活泼清脆，听起来很舒服。"咔嗒！咔嗒！咔嗒！"这轻快的节奏是大斑啄木鸟啄树的声音。然后是"咳，咳，咳"的短促尖锐的叫声——是雌鸟在寻求雄鸟并向他靠近。从山毛榉树叶后面传来的啼叫声是发情的山雀的声音。小鸟们迎来了繁殖的季节，有的筑巢，有的求爱，到处都是爱的歌声，他们都在为了繁衍子孙而努力呢。

小熊在怀里的衣服中蠕动了几下，耕太郎连忙将小家伙抱紧了些，结果小熊"咕咕"地叫了起来，用两只小手使劲推着耕太郎的胸膛。

"看来是饿了。"耕太郎心想。这时，只听"嗷"的一声，小熊的体内发出一声低吼。

小熊用手一把抓住耕太郎的胸，一定是在找奶喝。耕太郎顿时觉得小熊是那么的惹人怜爱。深爱着孩子的母熊的心情充满了耕太郎的内心。

"嗯，别害怕。我会把你养大，放你回山里。你是细月的女儿，那就叫你月子吧。月子，从今往后，我就是你的妈妈，我会让你健康成长的。"耕太郎一边下山一边下定了决心，忍不住嘟囔了一句，"我一定会把你放回山里的。"

"搞什么嘛，耕太郎。嗯，应该明白了吧。你是个聪明人。"

与平说完，加快了脚步。

"我回来了！"

耕太郎底气十足地喊了一声，推开了家门。耕助和阿富，还有两个孩子迫不及待地跑了出来。

"怎么样？结果如何？"

耕助刚说完，立刻就僵在了原地。因为他看到了脱掉外衣、衬衫被染得通红的耕太郎。

"发……发生了什么事？胸……胸口被抓破了吗？没事吧？"

耕助激动的脸在夕阳的映照下显出愤怒般的可怕神情。

"我没事，只是熊的血溅到我身上了。我没有受伤。来，给你这个！"

耕太郎将手里的棕色袋子递上前去。

"太好了！我还以为你的胸口被抓烂了。这里边就是那个东西吗？谢谢你啊！"

耕助接过鼬皮口袋，像是看什么宝贝似的往里看去。

"太棒了！太棒了，耕太郎！这可是上好的熊胆。这下阿福的命有救了！"

耕助手里拿着袋子，做了个合掌的姿势。

"孩子他爸，你能活着回来太好了！刚才看见你浑身是血，我还以为是幽灵呢。太好了！"

阿富快要哭出来了，为耕太郎的平安归来高兴不已。

"嗯，差一点儿就没命了。要是没有与平，我早就被负伤的母熊杀掉了。"

"没错。幸亏我跟着去了。而且拿到了这么好的熊胆，实在是太好了！得感谢山神啊！"

与平站在耕太郎身后，骄傲地说道。

"而且，还有一个礼物。"

与平自豪地把衣服包裹的一团东西递了出来。

"这是什么？"上小学五年级的绢子凑上前去想要看个究竟，与平把衣服掀开了一角。

"是小熊崽儿，可爱吧？"

"哇！太厉害了！我要养她！可是，她还活着吗？"

绢子小心翼翼地凑上去，想要摸摸她的头。

"呜——"小熊哼哼了一声，抬起头来瞪着绢子。

"不能摸！她现在特别害怕，会咬你的。现在为了防止她逃跑，把她的手脚都绑起来了，待会儿我就给她松

绑，让她好好歇歇。爸爸也和你一起养她。因为她是细月的女儿，就叫她月子吧。奶奶的药是她的妈妈给的，所以咱们要好好待她。"

"一定要好好待她哦！这家伙能提供很多药的材料呢。啊哈哈哈！"

与平愉快地大笑起来。耕太郎听见这话，脸上显出厌恶的神情。

"叔叔，你这话是什么意思？"

一直默不作声的耕二面色严峻地追问道。耕太郎虽然表现得精神抖擞，可是耕二总觉得他在勉强自己。他那浑身是血的异样的身影，一定隐藏着某些不可告人的秘密。

"就是叮嘱你要好好照顾她。我也累了，这就告辞了。详细经过你们问耕太郎吧。晚安。"

"哎呀，可别这么说，请您留下来喝杯茶吧！"与平拒绝了阿富的挽留，出去了。

"大家肚子一定饿了。我去做饭，待会儿咱们喝一杯。对了，孩子他爸，你先去洗个热水澡，换身衣服。洗澡水我已经给你烧好了。"

阿富兴冲冲地说着，跑去拿换洗衣服了。

耕太郎洗完澡出来后，说道：

"啊，太舒服了！我已经没力气了。把浊酒给我吧，我就不吃饭了。以后再和你们细说。今天晚上我就想好好睡个觉。耕二、绢子，你们别忘了给月子喂食，今天晚上把窝弄暖和点，让她也好好睡一觉。一定要多给她点蜂蜜哦！照顾好她，拜托了。那我先去睡了。"

说完，耕太郎便拎了一壶浊酒，走进了寝室。

好不容易弄到了期盼已久的上好熊胆，本应该来一场盛大的庆祝宴会。而且大家都等着要为奋勇战斗、平安归来的耕太郎敬酒干杯，可是主角耕太郎却缺席了。精心准备的庆祝晚宴变成了跑了气的啤酒，索然无味。一家人默默地吃完饭，耕助站了起来："接下来，咱们就把珍贵的熊胆做成药材吧！"

熊胆是熊的胆囊，是装着胆汁的软软的黑色袋子。为了不让里面的液体流出来，必须用绳子扎紧胆管，而且要把它凝固起来，做成可以保存的药材。熊胆的制作方法有各种各样的秘方，耕助爷爷也是制作高手之一。

把熊胆挂在早已准备好的烧着炭火的被炉吊架上，要是想快些把熊胆烤干，可以放在篝火上烤，可是要想做出好的药材，只能在被炉的炭火上慢慢烤干。

虽说已经是五月了，可山里人家的夜晚还是十分寒冷。地炉里的火把整个屋子烤得暖融融的。耕助坐在地炉旁，一点一点喂着浊酒。

每过一段时间，他就把黑色的袋状胆囊从被炉上拿下来，轻轻地把它揉松一些。把里面的空气和水分挤出来固然很重要，但要是揉得太急或用力过猛，胆囊就会破裂，胆汁的性质就不均匀了。这种揉按的方法也是窍门之一。

将胆囊均匀揉按一遍以后，再次挂在被炉吊架上。

在不断重复这个动作的过程中，胆囊渐渐变硬了。一晚上下来，胆囊会变成一个有点干燥的像柿子干一样的东西。最后，当胆囊的硬度变得恰到好处时，再涂上一层薄薄的熊油。这一招是耕助的独门绝技。这项工作必须熬夜进行。

接下来，把凝固得刚刚好的胆囊夹在树枝上，用老虎钳夹紧，再把它挂在被炉吊架上，用炭火烘烤两天。这样一来，胆囊便会彻底凝固，敲一敲还会发出仿佛敲击金属时的"当当"声。关键是要让胆囊凝固成均匀的坚硬的固体，一旦质地不均匀，药效也会减弱，甚至还会发霉。所以制作者必须十分用心，十分认真。

夜深了，耕助独自坐在地炉旁，喝着浊酒，十分投入地制作熊胆。

耕太郎提着酒壶出来了，他身后跟着阿富。

"休息好了吗？这真是块好熊胆。我做熊胆也很长时间了，这么好的东西还真是不多见。做得很顺利，过一会儿就能取出来了。来，喝一杯吧！"

耕助似乎心情很好，端出了茶碗。

"爸爸，我有话要说。阿富你也来听着。这些话我不想说给孩子们听。"

于是，耕太郎一五一十地讲了起来：细月拼死反击，差点害他丢了性命，随后与平开枪救了他，可是如此一来熊胆就成了与平的东西，现在自己不得不从他那里买。

"原来如此。我就觉得有些蹊跷。"耕助抱着胳膊，陷入了沉思。

"这只熊胆烘干之后大约值十文目。因为它特别大。现在一文目是十一日元五十钱，十文目也就是一百五十日元。这家伙是上等的好货色，要是卖的话应该能贵出两倍来。不知道与平估价多少啊……不过，如果这个能治好老婆子的病，借点钱又算什么呢，总会还清的。"

"爸爸，我也会拼命工作的。我会找份晚上的临时工。耕二也一定会努力的。"阿富微笑着用坚定的口吻说道。

"谢谢！大家一起努力吧！我会再做一个烧炭窑，做出比现在多一倍的好炭来！我听说把杜父鱼和白点鲑拿到金泽去卖的话，能卖个好价钱呢。这个就交给耕二去做吧。"

耕太郎的烦恼一下烟消云散了，他说这话时底气十足。

"不过，那只小熊崽儿怎么办？要养吗？咱们都这么忙，哪有时间照顾她啊。"耕助说道。

"她的妈妈救了我的妈妈。所以，为了给牺牲的细月祈福，我想把月子抚养长大，找个时机放归山里。月子就由绢子来照料。绢子喜欢动物，一定会好好疼她，把她抚养长大的。我打算郑重地拜托绢子做月子的妈妈呢。"

耕太郎干脆爽快地说道。

"是啊，绢子一定能把她照顾得很好。"

听了阿富的话，耕太郎终于露出了开心的笑容，点了点头。他决定把与平惦记着月子的熊胆的事情，暂时埋藏在心底。

重逢

月夫五岁了，体形虽然不算巨大，却长了一身健壮的肌肉，长成了一只敏捷矫健勇敢的青年黑熊。

月夫来到了自己小时候妈妈被杀的菜田。土当归、白山蓟、赤麻等植物都吐露新芽，在五月明媚的阳光下，草地上一片生机勃勃的绿色。

月夫"砰"地折下土当归的茎，放入口中，慢慢地朝冷杉树走去。正是这棵树救了月夫的命。

"咕噜噜——！"月夫从身体深处发出阵阵低吼声。他闪着炯炯有神的犀利目光，在冷杉树四周转来转去。一种无法言表的、混杂着愤怒和悲伤的复杂感情在他的内心涌动。

冷杉树上，松鼠正在吃捡来的橡子，眼前是一幅悠闲恬静的场景。月夫看着看着，不由得心中恼火，

"呜——"地吼了一声——这棵树是我的。没有我的允许，不许你爬！

月夫突然用身体猛地撞了一下冷杉，松鼠差点儿被震下来，不过在最后关头抓住了树干。

月夫又撞了一次树，然后用手疯狂地撕扯树下的青草。接着他把草塞进嘴里，凶猛地大嚼起来，又突然蹿上冷杉树，用力向上攀爬起来。

松鼠害怕了，拼命跑到了树顶。月夫没打算追赶松鼠。他坐在粗壮的树干分叉处，环顾四周。满腔怒火平息下来了，他的心情平静了。

对面有一只羚羊在吃草。五年前的那个时候，也有一只羚羊啊。月夫看着羚羊，拼命想捕捉心中浮现的幻影。前面的草丛动了动，一只可爱的小羚羊蹦了出来，把嘴伸到羚羊妈妈的肚子下面喝起奶来。

月夫心中一紧，吮吸妈妈奶水的遥远记忆伴随着酸涩的怀念充满了他的内心。

五年前的这个时候，月夫的母亲在这片菜田被杀，月子被活捉。当时的情景，他在这棵冷杉树上看得一清二楚。月夫虽然得救了，可之后他尝尽了独自生活的艰辛。尤其是妈妈刚去世的那一年，他根本不知道该吃什么食物，饿得骨瘦如柴，甚至差点儿饿死。小熊崽独自成活近乎奇迹，可是月夫却拼死活了下来，终于成长为一只健壮的青年熊。他虽然体形不大，但是练就了一身

非凡的体力，和其他熊打斗时也从未失败过。

抬头眺望天空，只见一只体形雄伟的金雕正在五月的天空中缓缓盘旋。接着，他锁定了方向，加快速度，径直朝着北方——村子的方向飞去。

月夫目送着金雕远去，心中那团既愤怒又悲伤的抑郁感情渐渐转变成一种决心。杀母夺妹的仇恨驱使他踏上复仇的道路。突然撕扯青草也好，烦躁不安地绕着冷杉转圈也好，这些都是因为他心底郁结着长时间以来对人类的憎恨之情。当月夫意识到心中的仇恨时，决定要去做一件他非做不可的事——那就是向可恶的人类复仇。

月夫从冷杉上滑落下来，迈着坚定的步伐朝村子走去。

太阳消失在山峰后，暮色迅速笼罩了村子。家家户户都点上了煤油灯，村民们都在忙着准备晚饭。

夜鹭发出"呱呱"的不祥叫声，在暮色中飞翔着。月夫悄悄地潜入了耕太郎所在的村庄。

从下风向逼近目标动物，这是保证能提前察觉危险的基本技巧。月夫从下风向蹑手蹑脚地朝村子靠近，那里有未知的危险在等待着他。

由于高度的警觉，月夫极其紧张。晚饭的香味从家家户户飘了出来，每户人家飘出的气味都不同。问题是，杀害妈妈的那个男人的家在哪里。

月夫的脑海中深深铭刻着五年前惨剧发生时的情景。那个开枪击中妈妈、后来又遭到妈妈反击被按倒在地的有些瘦弱的男人，他苍白的脸像照片一样永久定格在了月夫记忆的清单上。

有一个谜题至今他都没解开。就在他禁不住为妈妈扭转局势而欢呼的时候，情况突然急转直下。枪声响起了，眨眼间妈妈就向后倒去，重重倒在地上，没了呼吸。

草丛里出现了一个围着深棕色围巾的男人，看上去体格健壮，肤色略黑。一定是那家伙干的！月夫至今都忘不了那个男人脸上扬扬得意的猥琐的笑容。相反，那个瘦弱苍白的男人却没有表现出生命获救的喜悦，而是始终一副悲痛的神情，这让月夫印象深刻。

虽然被复仇的冲动驱使着来到了村里，可是如果不知道那两个男人住在哪里，也是一筹莫展。要是待会儿被发现，村里人一定会把他赶走的，搞不好还会打死他。

当月夫从一棵大松树后面向外张望时，他突然像遭了晴天霹雳一般愣住了。"这究竟是什么？怎么回事？"月夫诧异不已，频频抽动鼻子，为了确认那个气味，他深深吸了三大口气。月夫的脑海中一片混乱，简直要陷入恐慌了。

这个气味，明明是月子的气味！无论怎么想，都的的确确是月子的气味。也就是说,月子就生活在这个村子的某个地方!这个惊天的意外想法,让月夫心中一紧,他不由得用手搓了搓脸。

可是,的确有这个可能性。月子被杀死妈妈的两个男人抓走了,他们下山往村子里去了。月夫想起了当时的情景:那个瘦弱苍白的男人用自己的上衣裹住月子,像抱着宝贝似的把月子抱在怀里。他没想到那个男人的眼神如此温柔,简直和另一个杀死妈妈的凶恶男人有天壤之别。或许月子在那个男人的呵护下长大了,一定是这样。这样一想,月夫想和月子见面的心情如泉水一般喷涌而出。月夫迈着轻快的步伐,急匆匆朝月子气味传来的方向走去。

一只被锁链拴着的母熊正坐在地上。月夫从暗处瞪大了双眼,仔细凝视,想要确认那是不是月子。小时候一起玩儿摔跤时那个身材娇小的月子如今竟然长这么大了,真是令人无法想象。不过,那的确是月子。月子身上有个特征:胸前那细长月牙图案的两个尖角稍稍向上扬起。现在那个印记确确实实就印在那只母熊的胸前。

月夫拼命按捺住想要冲过去拥抱她的冲动。如果现在他突然现身,月子一定会又惊又喜,躁动吵闹起来。要是这家人听到声音跑了出来,所有的计划就都泡汤了。月夫耐住性子，朝正房走去。

虽然是个意外惊喜，可是能见到月子对他来说是最大的幸运。看来猎杀妈妈的八成就是这家的人了，他一定要为妈妈报仇雪恨。月夫鼓足精神，轻手轻脚地来到正房的窗户下，藏了起来。

屋里传来说话声，是那个戴着深棕色围巾的可恶男人的声音。"原来这里是那家伙的家啊。好，这次绝对把他干掉！"月夫咬牙切齿地想。

"与平，请你再等等吧！炭的价格一下子降了很多，仓库里卖不出去的炭都快堆成山了。我一定会还给你的。拜托了！请再等一等！"

月夫吃了一惊，说话的正是当年抱着月子的白脸瘦男人。"太幸运了！想找的两个人竟然在同一间屋里。"月夫兴奋不已，不禁打了个寒战，他决心一定要漂漂亮亮地把这两个人解决掉。不过，所谓欲速则不达，还是先观察一下情况吧。

"你每次都说同样的话，你的那些借口我已经听烦了。阿福奶奶的病已经被熊胆彻底治好了，你看现在身体多健康啊！你要是对我心存感激，就会不顾一切地报答我，这才是人之常情啊！对吧，耕助爷爷？是这个理儿吧？"

与平恶狠狠地说道，厚颜无耻地递出了酒杯。房间里的空气仿佛凝固了，没有人说话。

"能不能减少点利息？利息太多了，要还的钱翻了一倍。就算辛辛苦苦赚了钱还给你，到头来却还有一大堆利息，这也太过分了。利息太高了，你这种做法太恶毒了。"

耕太郎越说到后来声音越小，可是仍然被与平听见了。与平露出可怕的表情，指责道：

"你说我恶毒？真是个忘恩负义的家伙！竟然说出这种话。我看在咱们多年老交情的份儿上，已经把利息降到很低了，你竟然不领情！你要是这么说的话，那好，从今天起，利息再翻一倍！"

与平涨红了脸，破口大骂。

"哎呀哎呀，与平啊，你别生那么大的气！他也是不小心说错话了，别动怒啊，你就原谅他吧！我们家可是一直对你心怀感激的啊！来来来，尝一尝这上等的白点鲑鱼骨酒。这可是在鸣泽川的深处捕到的大家伙，十分罕见哪。别生气了，多喝点吧！"

耕助为耕太郎不小心惹怒了与平连连道歉，往大杯里斟了满满一杯酒，把这杯放了白点鲑鱼骨的酒端给与平。

与平双手接过大杯，咕咚咕咚一气儿喝了半杯，"呼——"地吐了口气，对着耕太郎说道：

"以前咱们就说好了，必须把月子解决掉。她胸前的月牙细细的，毛色也油亮亮的，一定有一颗上好的熊胆。"

"不行，这件事请你一定见谅。我们辛辛苦苦把她养到这么大，实在不忍心。"耕太郎十分罕见地一口回绝了。

"这可不行，约定就是约定。你要是想继续养她，那就把熊胆的钱交出来！"

"我决不同意！月子是我的朋友。我决不能杀害朋友。叔叔，我求你了，放过月子吧！求求你了！"

绢子双手合十，拼命地哀求。

"小孩子滚到一边去。这是大人之间的事！"

与平一脸狰狞，活像个赤面鬼，恶狠狠地瞪着绢子。

"我不！不确认月子的安全，我决不离开！"

绢子咬紧牙关，瞪着与平。

"真是个难对付的姑娘。你和你爹一样，都很有气魄。这一点值得称赞，不过，一码归一码。我不会让你去杀熊崽儿。两三天内，我会过来取。看在绢子的面子上，到时候我会把欠款一笔勾销。怎么样，这可是千载难逢的好事儿啊！"

与平一口气喝光了剩下的鱼骨酒。

耕太郎没有回答。他沉默着，往地炉里添了根柴火。火星啪啪啪地四处飞溅。耕太郎暗自下定了决心，明天就把月子放回山里。他现在就能想象得到与平狂怒的脸，还有与平暴跳如雷地喊着"马上还钱"！

还清欠款是没有希望了。可是，决不能把月子交出去！那个时候，他就和细月约定好了。为了感谢她拯救妈妈的生命，他一定要把小熊放归山里。

月夫一直在窗外听着屋里的争吵。当然，他并不懂人类的语言，更不知道月子的生命只有两三天了。屋里的说话声消失了，只剩下一片沉默。这时，月夫悄悄离开了窗边。

月夫故意绕了一大圈，走到下风向，慢慢靠近月子。

"呜哎！"——月子，是我啊，你认出来了吗？

月夫叫了一声，那是他和月子一起玩耍时的叫声。

月子的身体顿时颤抖了一下，她抬起头，搜寻着那个不可思议的声音的来源。

当她在黑暗中看见那双在月光下灼灼发亮的眼睛时，她可以确信——是月夫。

月子猛地冲向月夫。可是拴在她腰上的铁链一下子绷紧了，拽住了她，月子向前摔了个大跟头。

月子急了，开始咬铁链。她早就放弃了逃跑，也适应了戴着铁链的生活，可是一看见月夫，她身上的野性突然复苏了。"我要逃走，无论如何也要逃走。"月子不顾一切地啃着铁链，撕咬着，拉扯着。

月子的牙是根本咬不断铁链的。她满嘴是血，坐在了地上，"呜哎呜哎"地叫着，这时月夫朝她扑了过来。

就像当初在熊妈妈身边玩儿摔跤一样,两只黑熊抱在一起在地上打起了滚儿。

突然,他们感到束缚他们的那股力量一下子消失了。由于突然承受了兄妹俩的爆发力,连接铁链上铁环的铁丝一下子松开了。

两兄妹被这突如其来的意外惊呆了,愣了一会儿。不过,月夫立刻意识到,最大的机会来了。如果他们联手进攻那两个可恶的猎人,一定会成功。月夫朝月子扬了扬下巴,示意:跟我来。

可是月子似乎有些不知所措,正围着拴铁链的木桩转来转去。月子从还是几个月大的时候就被拴在这里,整整拴了五年,一直在以木桩为圆心、以铁链为半径的圆形区域活动,所以她没办法立刻走出那个圆圈,就像是被困在了一个魔法圆圈里。

两兄妹相见,高兴的心情冲淡了警惕,不顾一切地玩儿起了摔跤,可是他们弄出的声响可能已经引起了人类的注意。月夫迅速回归了野性,竖起耳朵仔细捕捉着周围的声音,快步朝正房的大门走去。

"那么,我就先告辞了。鱼骨酒很好喝。接下来就用取了熊胆的小熊的肉来办场酒席吧!哇哈哈哈!"

是那个猎人的声音。没错,是那个围着深棕色围巾、最后开枪的男人!月夫凭直觉判断道。

月夫撞破纸拉门,跳进了屋里。突然闯进来一只雄壮的青年黑熊,屋里的人顿时吓得脸色铁青。

月夫瞬间就掌握了屋里的情况。首先开枪袭击妈妈的苍白男人正坐在地炉的右侧。围着深棕色围巾的男人在地炉对面,站起身来正准备走。

先干掉那家伙,月夫心想。他刚想扑向耕太郎,阿福奶奶突然从一旁跳了出来,伸开双臂挡在了月夫的前面。

"求求你!不要杀他!我儿子是为了救我才干那事的。要杀就杀我吧!"

月夫不明白发生了什么事,不过阿福奶奶拼了命大吼的可怕样子让他畏缩了一下。这时,耕太郎一把把阿福奶奶推开了。

趁着屋里一片混乱,与平想要从另外的门逃走。一时间月夫不知道该先攻击耕太郎还是与平,这时,月子跳了进来。

月子毫不犹豫地扑向与平。她把与平仰面朝天按倒在地,月夫迅速跳过来,一下撕开了与平的肚子。

屋里顿时响起一声凄厉的惨叫,那是一种仿佛从地狱里传来的临死前的痛苦号叫。月夫毫不留情地咬住了与平的喉咙。

当他把被鲜血染红的脸对准耕太郎,想要发动攻击时,月子抢在他前头跑到了耕太郎身边。月夫以为月子要袭击耕太郎,可是意想不到的一幕发生了。

月子不仅没有袭击耕太郎,反而在耕太郎前面匍匐

下来，面向月夫发出了"咕噜噜"的低吼声——不要过来，过来的话我会发动攻击的！

月夫被这意外的一幕惊呆了，费解地看着月子——你怎么了？

"咕噜噜噜！"——快让开，月子！

月夫发出愤怒的叫声，狠狠瞪着月子。

"月子！"绢子大喊一声，跑过去紧紧抱住了月子。

"月子！救命！救救爸爸！"

月子温柔地看着绢子。她推开抱住她的绢子，走过月夫面前，走向门口，回头看了一眼月夫。

"呜——"走吧！

月夫虽然没太明白是怎么回事，可是月子认真的眼神和行为，已经向他表明：不许伤害耕太郎！看着月子走出屋门的身影，月夫毫不犹豫地跟了上去。

绢子立刻跑过去站在了门口。耕太郎也忘记了刚刚被袭的恐惧，像是被什么不可思议的力量牵引着一般，跟在绢子身后。

耕助、阿福和阿富也过来了。除了到镇上办事的耕二，耕助一家全体成员都站在大门口，目送着两只黑熊渐渐远去。

家里静悄悄的，没有人说话，仿佛家中的惨剧是很久很久以前的事情。

"咕咚！"

水车沉重的声音在寂静的黑暗中掀起了小小的涟漪。

月亮升起来了，月光勾勒出快步离去的两头黑熊的身影。

绢子突然大喊起来。

"月子——！保重啊！不要忘了我们！要回来看我们啊！"

月子好像回头看了看。

高大的杉树矗立在道路两旁，遮挡了月光，制造出一片深不见底的黑暗。黑熊兄妹在月光的映照下背影黑亮。很快，黑亮的背影消失了，他们的身影融进了杉树古木织就的沉沉黑暗之中。

关于乌鸦和黑熊

说起乌鸦，恐怕很多人都会想起童谣《七只乌鸦》里唱的"乌鸦啊你为什么啼叫"，或是在晚霞中归巢的一群群乌鸦，这些都是孩提时代深深刻在心里的诗情画意。自日本神话中出现"八咫鸦"以来，乌鸦便是常常出现在民间传说和谚语中的深为人们熟知的鸟类之一。日本国家足球队的标志就是八咫鸦，它已经展翅飞向世界了。

可是，现在乌鸦却成了害鸟的代表。在城市，乌鸦数量增多，四处寻找垃圾吃，把垃圾撒得到处都是。在农村，它们又破坏庄稼，农户们十分头疼。乌鸦已经彻底变成了坏家伙，原因却在人类这里。

人类每天都会制造大量的垃圾，再加上栗耳短脚鹎这种原本栖息在乡村和山里的小鸟由于生存环境恶化而移居城市，城市里有大量的食物供乌鸦食用，乌鸦数量增加是理所当然的。另一方面，在乡下，乌鸦的食物却在急剧减少。乌鸦是杂食性动物，它们喜爱吃青蛙和昆虫等小型动物，可是这些猎物的数量却锐减了。山林里针叶树种植林面积扩张，能够提供食物的树木却在减少。由于农业机械化的推进，漏捡的麦穗这类收割后的食物也几乎没有了。乌鸦之所以开始盯上农作物和庭院树木的果实，正是因为人类夺走了自然的食物。

日本有五种乌鸦。多见于城市的大嘴乌鸦和主要栖息在农村的小嘴乌鸦是留鸟，其他三种都是候鸟。秃鼻乌鸦主要是从九州往西飞，渡鸦、少数达乌里寒鸦则分别从冬季的大陆飞向北海道和日本各地。

乌鸦是脑部相当发达的聪明的鸟类。它们好奇心强，喜欢玩儿各种游戏。它们喜欢从雪坡或公园的滑梯上滑下来，两只乌鸦有时会争抢小树枝或绳子来拔河，或互相追逐，等等。小嘴乌鸦甚至会在铁轨上摆石子。不知道它们为什么要这样做，或许只是一种游戏吧。

乌鸦的夫妻关系会持续一生，育儿行为由雄鸟和雌鸟共同承担。在每年四月到六月抚育雏鸟的时期，亲鸟会变得十分警觉，并富有攻击性，在乌鸦巢附近时要十分小心。

据说乌鸦并没有特别的亲子分别仪式，幼鸟会逐渐离开亲鸟，开始独立生活。不过我实际观察的情况却是像宽太和宽治那样，幼鸟遭到了亲鸟的驱逐，然后才独立了。乌鸦的行为和社会十分复杂，还有许多未知的领域有待探索。乌鸦是我们身边的鸟，大家也一起来观察吧！

二〇〇四年，黑熊经常在村庄里出没，甚至还伤了人，当时日本媒体进行了大量报道。其实它们很可怜，因为山里的食物越来越少了。若是在往年，夏季台风是不会登陆本土的，可是二〇〇四年九月以前台风竟然登陆了八次，山毛榉的果实和橡子等本应在秋天收获的山林果实早早地就被台风打在了地上。另一方面，由于上一年是丰收之年，二〇〇四年出生了许多熊崽，导致黑熊数量增多。于是，黑熊为了觅食而跑到人类村庄里就成了常见的事。以前，山里的田地里总会有人在干农活，黑熊也不敢轻易跑到村庄里，可现在田里连个人影都没有。而且，堤坝上和农家里的柿子也没人吃了，沉甸甸的果实挂满枝头。对黑熊来说，人类村庄简直就成了畅通无阻的觅食点。而在以前从没发生过小熊跑到村子里的事情。

日本的熊，有北海道的棕熊和本州的黑熊这两种。黑熊在九州已经灭绝了，在四国成了濒危物种，整体来说呈现出很强的减少趋势，必须好好保护。黑熊的分布区域，除了日本以外，还有西伯利亚的乌苏里江至中国东北，以及台湾地区。黑熊全身漆黑，胸口上部有一道呈"V字形"展开的白色斑纹，看起来像月牙，因此也叫"月牙熊"。不过，这块白色斑纹因个体不同差别也很大，有的很细，有的完全没有。棕熊体重有一百五十至二百五十公斤，有的重达三百公斤以上。与此相比，黑熊体形就小多了，至今发现的最大的公熊是二百二十公斤，体长一点四米，母熊是一百七十公斤，不过它们通常体重都在一百公斤以下。黑熊是食肉目肉食动物，但主要的食物是当季的植物。除了果实类，它们还经常吃蓟、土当归等的叶和茎，有时也吃蛇、老鼠和野兔，不过并不常吃。爱吃蜂蜜，属杂食性动物。

无论是公熊还是母熊，都是独自生活。不过，黑熊没有势力范围。产崽时通常是两只，幼崽中公熊较多。母熊和幼崽几乎形影不离，不过到第二年即将冬眠时，幼崽会离开母亲开始独自生活。但也有人说，更多的情况是在第一年冬眠时分开。

如今日本的狼已经灭绝，日本的猛兽只剩下熊了。我们不能仅仅把它们看成是危险的动物，也应该保障它们生存的权利，找出一条共存之路。

Kawai Masao No Doubutsuki (4) Sanba No Kogarasu
Copyright © 2005 by Mato Kusayama & Keiko Kanao
First Published in Japan in 2005 by FROEBEL-KAN COMPANY,LIMITED.
Simplified Chinese edition copyright © 2025 by Beijing Dandelion Children's Book House Co., Ltd.
Through Future View Technology Ltd.
All rights reserved

版权合同登记号 图字：22-2023-044

图书在版编目（CIP）数据

守望城市的乌鸦 /（日）草山万兔著 ；（日）金尾惠子绘 ；孙雅甜译. -- 贵阳 ：贵州人民出版社，2025.4
（世界动物小说）
ISBN 978-7-221-18257-9

Ⅰ. ①守… Ⅱ. ①草… ②金… ③孙… Ⅲ. ①长篇小说－日本－现代 Ⅳ. ①I313.45

中国国家版本馆CIP数据核字(2023)第257214号

SHIJIE DONGWU XIAOSHUO
SHOUWANG CHENGSHI DE WUYA
世界动物小说
守望城市的乌鸦
[日] 草山万兔 著　　[日] 金尾惠子 绘　孙雅甜 译

出 版 人	朱文迅	策　划	蒲公英童书馆			
责任编辑	颜小鹂	贺文平	装帧设计	王学元	曾　念	责任印制 郑海鸥

出版发行　贵州出版集团　贵州人民出版社
地　　址　贵阳市观山湖区中天会展城会展东路SOHO公寓A座（010-85805785　编辑部）
印　　刷　鸿博昊天科技有限公司（010-87563716）
版　　次　2025年4月第1版
印　　次　2025年4月第1次印刷
开　　本　880毫米×1250毫米　1/32
印　　张　6.5
字　　数　115千字
书　　号　ISBN 978-7-221-18257-9
定　　价　39.80元

如发现图书印装质量问题，请与印刷厂联系调换；版权所有，翻版必究；未经许可，不得转载。
质量监督电话　010-85805785-8015